河出文庫

# 島とクジラと女をめぐる断片

アントニオ・タブッキ
須賀敦子 訳

河出書房新社

# 島とクジラと女をめぐる断片　目次

# 島とクジラと女をめぐる断片

# まえがき

きちんと書いた旅行記はしんそこ好きだから、これまでも熱心に読んできた。旅行記がおもしろいのは、不可避で重苦しい僕たちの日常の「ここ」に対して、理屈めいてもっともらしい「よそ」を見せてくれるからだ。とはいっても、もしこの小さな本の読者が旅行記に類するものを期待されるのだったら、僕のなかの幼稚な律儀さがすぐさま、ちょっと待ってください、と言うだろう。旅行記というジャンルに属する本は、時代に合った文章でなければならないと同時に、ともすると記憶がひとりでに紡ぎだしてしまう空想には侵蝕（しんしょく）されない種類の記憶を必要とする。逆説的なリアリズム感覚のおかげで、僕は、そうした本は書くまいと思った。いまや途方もない野心をつちかうよりは、幻想をはぐくむほうが品格からしてもふさわしい年齢に達したと確信をもって言えるから、このあたりで運命とあきらめて、自分の生来の傾向に合ったものを書くことに決めたのである。

そうは言っても、この作品をまったくの虚構と称してしまうのも、なにやらうさんくさい。これらの文章を僕にささやいてくれたミューズは、どちらかというと内輪向きのミューズというか、いわば文庫版的とでも言いたいようなミューズだったから、たとえば、自分のヨットから一歩も降りることなく『アフリカの印象』を書きあげたレイモン・ルーセルのミューズの凄さなどとは比較にならない。事実、僕はいくつかの島にちゃんと上陸もしている。また、とかく嘘（うそ）をつきたがる僕ではあっても、これらの文章は、基本的には僕自身がアソーレス諸島で過した日々に存在を負っている。この本の主題は、主としてクジラだが、生き物としてのクジラというよりは、むしろ隠喩（いんゆ）としてのクジラだと言いたい。それから、難破についていうと、これも、遂行の域に達しなかった行為あるいは失敗という、この言葉の本来の意味において、クジラに劣らず隠喩的といえる。ヨナとエイハブ船長を思いついた人たちの空想力に対して僕は尊敬の念を抱くものだが、そのおかげで、文学をとおして僕たちの空想世界に棲息する神話や幽霊の歓心を買おうとするような傲慢に陥ることはないと、僕は自負している。僕がクジラと難破について語るのは、そのどちらもがアソーレス諸島においてあまりにも見事な具体性を与えられているからなのだ。

さらに、あえて言うと、この小さな本のなかには、二篇だけ、フィクションと定義するのは不都合といってよい作品がある。その一番目の作品の中心になっている事柄は、宇宙と人間のたましいの深淵を、ソネットという小さな歩幅で測りおおせた、あの偉大で不幸な詩人アンテール・デ・ケンタール*の生涯からとったものである。これを、僕が、まるで想像の生涯のように扱ってしまった理由は、他でもない、詩人は伝記をもたない、あるいは、詩人の伝記とは彼の残す作品以外にない、と私にそっとささやいてくれたオクタビオ・パスにあ

＊ アンテール・デ・ケンタール（一八四二－九一）、ポルトガルの詩人。アソーレス諸島の出身で、カモンイスに次ぐ大詩人。写実主義をポルトガルに紹介し、社会主義者でもあったが、厭世自殺した。『近代詩集』『ロマン的な春』『ソネット集』など。『新潮世界文学辞典』参照。

る。いずれにせよ、たとえばケンタールの生涯がそうであったように、中途で挫折してしまった生涯というのは、たぶん、虚構のルールにしたがって語られることに耐える、稀(まれ)な生涯のひとつではないか。それから、巻末の短編は、僕がピム港の居酒屋で出会ったある男から打ち明けられたのではなかったか。とはいっても、ひとつの人生の物語には、ひとつの人生の意味しかないと信じる人間の思い上がった理屈から、それにいくつかの事柄をつけ足して、男が話してくれた物語に改変を加えたことは否定しない。この話を聞いた居酒屋では大量のアルコール類が消費されていて、そんなとき、通常にふるまっては礼儀を失すると僕が判断したことを告白すれば、少しは情状酌量していただけるだろうか。

「アソーレス諸島のあたりを徘徊(はいかい)する小さな青いクジラ」と題した、物語の断片のようにみえるかも知れない小品は、僕がぐうぜん耳にした会話の一部分が空想を誘発したものという意味で、操作が加えられたフィクションといっていい。この物語以前がどうなっていたか、それ以後がどうなったかは、僕も知らない。一種の難破した話のようなものではなかったか。そう考えたので、この章に入れた。

「手紙の形式による夢」は、一方ではプラトンを読んだことから、他方では、ホルタからアルモシャリフェまで行く、のろい船の横揺れに発想を負っている。夢からテクストの状態に到る過程で、たちのよくない変質を来たしたかも知れないが、じぶんが見た夢を好きなように料理する権利は、だれにだってあるはずだ。これとちがって「捕鯨行」と題した文章は、記録と考えていただければ充分で、唯一の長所は信憑性(しんぴょうせい)にあるかも知れない。同様に、他の文章についても、どれが真実の単なる写しであり、どれが人の書いたものの写しであるか、ひとつひとつについては、無駄だから説明は省略する。最後に「一頭のクジラが人間を眺めて」は、僕のいつもの欠点、反対側からものを見ようとする悪癖がもろに出た作品だが、打ち明けてしまえば、これは、僕以前に、おだやかな動物たちの哀しい目で人類を眺めることを知っていた詩人、カルロス・ドルモン・デ・アンドラーデ*の一篇の詩に発想を得たものだ。だから、尊敬をこめて、このテクストをドルモンに、そして、イパネマのプリニオ・ドイルの家でいっしょに過した、プリニオが幼いころのことやハレー彗星について話してくれた、あの午後に、捧げる。

ヴェッキアーノにて、一九八二年九月二三日

＊カルロス・ドルモン・デ・アンドラーデ（一九〇二－八七）、ブラジルの詩人、小説家。はじめモダニズム運動に参加し、やがて詩、短編小説など幅広く活躍した。ユーモアや皮肉をこめた正確な文体で、日常性の奥に人間の運命や人生の意味を追求した。『魂の泥沼』『物の教え』など。『新潮世界文学辞典』参照。

# ヘスペリデス。[*]手紙の形式による夢

いくつもの昼夜を徹して帆走したあげく僕が理解できたのは、ここで西洋は終りだというような地点はどこにもなく、境目は僕たちといっしょにどんどん移行していくものだから、さあ、ここだ、という場所などあり得ない、したがって、ただ思うままにそれを追って行けばよいということだった。こんなことを考えたくなるほど、「ジブラルタルの二本の」柱を過ぎると、海は果てしなく、どこまで行っても変らなかったが、ところどころに、小さな島の突端や青一色のなかに取り残された岩塊が、ずっとむかしに消え失せてしまった巨人の背骨よ

* ヘスペリデス＝「夕暮れ」の娘たち。極北の常春(とこはる)の国で黄金のリンゴを持っていた（ギリシア神話）。

ろしくあちこちの水面に浮かんでいた。

　最初に出会った島は、海から見ただけではいちめんの緑におおわれているから、ときによってその内がわに名も知れない真紅の羽毛の鳥とほとんど見分けのつかない果実が、まるで宝石のように燦めいていることに僕らは気づかない。海岸の絶壁の黒い岩には、ウミワシが巣をつくっていて、夕暮どき、不吉な思いに苛まれるたましいのように咽び泣いて飛びまわる。雨は多く、太陽は容赦なく照りつける。こんな気候と豊沃な黒い土にめぐまれて木々は高く伸び、森林はゆたかな緑に被われ、さまざまな花が咲く。果実のように肉厚な青と薄紅の巨大な花だが、そのどれもがこれまで見たことのないものばかりだった。他の島ではもっと岩が多いのが、それでも花も果実もあふれるほどであった。住民たちは、生活の糧のほとんどを森林から得ている。そのつぎに大切なのは海で、水がいつもあたたかく、魚が群れ泳いでいる。

　人々の肌は白い。目は、かつて彼らが見てしまったが、それがなんであったかを忘れ去った出来事への驚愕をいまだに漂わせているかのように大きく見ひらかれ、沈黙と孤独がたたえられている。しかし、哀しげな目というのではなく、まるで少年のように、たえまなく笑っている。女は美しく、高慢で、頬骨が高く、額がひろい。頭に水甕をのせて歩くのだが、泉に行く険しい坂を降りていくときでさえ、からだは微動だにしないから、まるでいずこの神に歩く能力を与えられた彫像のように見えた。この人たちは王をいただかず、階級というものも知らない。近隣に国がなかったので、戦いを挑む必要もなく、彼らのなかに戦士が存在したことはない。司祭はいたが、その特別な存在の形態については、あとで述べることにしよう。いずれにせよ、だれでも、すなわち、どのように卑賤な農夫も、乞食さえ、司祭になることができた。彼らのパンテオンに棲んでいるのは、天と地、海、地獄、森林、収穫、戦争と平和、そして人びとの事柄のうえに君臨する、僕たちが崇めるような神々ではない。彼らのは、たましいと感情と情熱の神々だ。主神は島の数とおなじく九体あって、それぞれが異った島にひとつ、神殿をもっている。

後悔と郷愁の神は、老人の顔をした子供だ。その神殿はいちばん遠い島の荒涼とした淋しい土地にあって、嶮岨（けんそ）な山に囲まれた谷間の湖のほとりにそびえている。谷はいつもヴェールのように薄い靄（もや）におおわれていて、風が音をたてて枝を吹抜ける高い楡（ニレ）が茂る、深い憂愁にとざされた土地だ。神殿に行くには、いまはもう失われた奔流の川床のような、岩に穿（うが）たれた細い小径を通って行かなければならない。ずっと歩いて行くと、魚類なのか、鳥類なのか、得体の知れぬ動物の巨大な骸骨に出あう。そして貝類。また真珠貝に似た薄紅色の岩石。神殿、と僕は書いたけれど、ほんとうは、あばら屋と呼ぶほうがただしいかもしれない。そもそも、後悔と郷愁の神が宮殿や壮麗な館に棲むはずがない。彼にふさわしいのは、われわれのたましいに潜む苦悩のそれにもひとしい恥かしさを伴なう、この世のものたちの咽び泣きのように貧相な住居だ。というのも、この神がつかさどるのは、後悔と郷愁だけでなく、たましいのなかの後悔を宿す部分にひそむ、いまは過去のものになった苦痛に加えて、なによりもつらい苦痛、すなわち、現実に起こりはしなかったが、いつ訪れるとも知れない苦痛をも、つかさどっているからだ。この神にもうでるとき、人々はみすぼらしいジュートの袋をまとい、女は暗いマントで身をおおう。だれひとり口をひらくものはなく、夜、月が銀色に谷間を照らすとき、ときとして泣声が聞こえる。泣いているのは草に身をよこたえた巡礼たちで、彼らは、来しかたの後悔を赤子のようにそっと胸のなかで揺すっている。

　憎悪の神は、痩せさらばえた小さな黄色い犬で、その神殿があるのは円錐形のちっぽけな島だ。そこに到達するには、何日も何夜も、寝ずに旅をつづけなければならない。したがって、ただでさえ不幸なものたちを、これほどつらい長旅に駆りたてるのは、ほんものの憎悪、耐えられないほど心臓を腫れあがらせ、羨望と嫉妬を含む真正の憎悪をおいて他にない。さらに、狂気の神と憐憫の神、寛容の神とエゴイズムの神がいる。だが、僕はそのいずれの神殿も訪れたことはないし、これらの神々については、漠然とした、夢のような話を耳にしたにすぎない。

　彼らにとってもっとも重要な神については——どうやらその神は、すべての神々の父であり、天と地の神でもあるらしいのだが——いろいろと語られているが、僕はその神殿を見ることも、その島に近づくこともできなかった。いや、外国人を上陸させないわけではない。その島にはこの共和国の市民でさえめったに到達することがなくて、たましいがある状態に達した後でなければそこには行けないばかりか、行ったものは、ふたたび戻ることがないのだ。島にそびえるその神殿を住民たちは《感嘆すべき住居》とでも訳されるべき言葉で呼んでいるのだが、それは潜在的な都市とでもいえばよいのだろうか、建物はどこにも存在せず、あるのは地面に記された図面だけだ。そのようなわけで、都市は、何マイルも何マイルもつづくほどの広さで、円形のチェス盤にかたどられている。巡礼たちは、毎日、まるでチェスの駒を動かすように、ごくありきたりのチョークで建物を地面に描いて、これらの図面を思うままあちこちに移動させる。だから、この都市は可動的であり、たえず変化するし、外観も変りつづけている。チェス盤の中央には塔がそびえ、そのてっぺんには巨大な金色の球がついているが、その球はこの島の庭園のあちこちに実る果実にどこか似ている。この球が神なのだ。しかし、この神がいったいなんであるのか、僕はついに理解できなかった。人々から僕が聞いたこの神の定義も、曖昧で意味がさだかでない。もしかしたら、外国人にはよく理解できないのかもしれない。僕の推測するところによると、この神の定義は完全、とか、充足、完璧、といった概念に関わっているようで、高度に抽象的な概念だから、人知には容易に理解できないのだ。そこで、僕は、この神こそ幸福の神にちがいないと思った。幸福とかんたんに言ってしまったが、それは、人生の意味が完璧に把握できたために、もう死がなんの重要性ももたなくなった人々の幸福なのであって、その神に仕えるために島に行くものがふたたび戻らないのは、そのためだ。この神を昼夜お守りするのは、まぬけな顔をした、意味のつながらない言葉を発する白痴だが、もしかすると、彼は神秘的な、理性では理解できない方法で神と通じているのかもしれない。僕がこの神を拝みに行きたいと言うと、人々は僕をばかにしてうすら笑いを顔に浮かべ、同情のまざった愛情と思われる感情をこめて、僕の頰に口づけしてくれた。

だが、愛の神は僕も親しく拝することができた。その神殿は、弓なりになった金色の海岸にかこまれた島にそびえていて、白砂が波に洗われている。そしてこの神のかたちはというと、偶像ではないから目に見えないし、音、岩のなかに掘った運河を通って神殿に流れこむ海水が地下にある水盤にあたって砕けるときの、純粋な音、だった。壁と建造物のひろがりのせいで、その音は、数知れないこだまを生み、それを耳にするものは心を奪われ、酔いしれたように、ぼんやりしてしまう。この神をあがめる多くの人には、ふしぎなご利益がある。というのも、この神のご利益は生命にかかわるものでありながら、ときとして、風変りで気まぐれだから。それは、自然の力の融和でありながら、幻覚やうわごとや幻視を惹きおこすことがある。僕がこの島で出会ったいくつかの光景は、それが指し示す真理が無垢なものであるだけ、よけいに心を乱されるものだった。じじつ、僕は、それらの光景がほんとうに存在したものだったのか、あるいは、あの神の魔音にさらされたために起きた幻覚の産物にすぎなくて、本来は、自分の内部から湧き出るのだが、空気にふれて初めてあたかも現実であるかのような外観をよそおうのではないかと疑われさえしたのだった。こんなことを考えながら、僕は島でいちばん高いところに通じる道を歩いていた。そこからは、海が四方に眺められるはずだった。歩きすすむうちに、僕は、島ぜんたいが荒涼とした土地であることに気づいた。海岸には神殿などなく、僕が、まるで劇の一場面でもあるかのように、人間のかたちにかたどられているのを目にしたと思った、たとえば友情であるとか、心のやさしさ、感謝、自負、あるいは虚栄などのような、愛のさまざまな形体や顔が、なんのことはない、なんらかの魔術によって惹起された単なる蜃気楼(しんきろう)にすぎなかったのだ。そうこうするうちに、僕は島の頂点にたどりついたのだが、果てしなくひろがる海を眺めながら、自分であざむかれたことに気づいて失望に捉われそうになったとき、青い雲が降りてきて僕を包み、僕は夢ごこちになった。僕が見た夢というのは、きみにこの手紙を書いていた夢で、僕は西洋を求めて帆をあげ、ふたたび戻ることのなかったギリシア人など*ではなく、ただ、そんな夢を見たにすぎなかったのだ。

＊ダンテ『神曲』地獄篇第二十六歌に、ユリシーズがトロイの帰途、西の国（ヘスペリア）を求めてジブラルタルを越えてふたたび帰らなかったという話がある。

# I

# 難破、船の残骸、海路、および遠さについて

# アソーレス諸島のあたりを徘徊する小さな青いクジラ――ある話の断片

あいつが現在ああしていられるのは、すべてぼくのおかげなんだよ、男は声を強めて言った。なにもかも、だ。あの女をつくったのは、このぼくなのさ。この手で捏ねあげてやったんだから。言いながら、男はじっとじぶんの手を見つめると、手のひらを結んだり、開いたりした。まるで影を捕まえようとしているみたいな、奇妙な仕草だった。

小型汽船が方向を変えはじめると、風が吹いて、女の髪が乱れた。おねがいよ、マルセル。靴を見つめながら、女が小声で言った。おねがいだから、大きい声を出さないでちょうだい、みんながわたしたちのこと、見てるわ。女はブロンドで、大きなぼかしレンズのサングラスをかけていた。男は、うるさそうに頭を軽く振って、答えた。どうせ、あいつらには、ぼくたちの言ってることわからないじゃないか。彼は、たばこの吸いがらを海に投げ捨てると、なにか虫を追いはらうみたいに手で鼻先をさわってから、皮肉たっぷりに言った。そうかい、悲劇の主人公レイディ・マクベスだっていうの？　あの女にぼくがはじめて出会った場所の名を知ってるのかい、きみは。ほんとうは、《ラ・バゲット》っていうんだ。それに、ほんとうはレイディ・マクベスなんか演ったんじゃない。なにをしてたか、あててごらん。女は眼鏡をはずすと、いらいらしたようにそれをブラウスでこすった。おねがいだから、マルセル。彼女が言った。あいつは、特等席の変態じじいたちに尻を見せてたのさ。悲劇だなんて、聞いてあきれるよ。男はそこでもういちど、鼻のあたまにとまった幻の虫を追い払った。ぼくはまだ写真をもってるよ。

切符の点検にきた船員が二人のまえに立ち止まったので、女はバッグの中をかきまわして探した。あと、どれくらいで着くか、聞いてよ。男が言った。気分がわるいんだよ。このいかれた船のおかげで、胃が裏返しになったみたいだ。女が外国語でたずねると、船員はにっこりして答えた。一時間半ほどですって。女が訳して言った。二時間、停泊して、また、もとに戻るそうよ。言いおわると、彼女は、もういちど眼鏡をかけるとスカーフをなおした。ものごとは、自分の考えどおりいかないことだってあるわ。たとえば、どんな。男が訊いた。女はあいまいな笑いを頬に浮かべ、ものごとよ、と言ってから、続けた。あたし、アルベルティーヌのことを考えてたのよ。男は、もう我慢できない、というふうに顔をしかめた。アルベルティーヌか。それから、まるでその名前の重さを測っているように、かさねて言った。アルベルティーヌか。《ラ・バゲット》時代にあの偉大な悲劇女優がなんて呼ばれていたか、知ってるかい。キャロール、だよ。キャロール・ドンドンさ。かわいい名だろ。彼は気をそこねたように、海のほうにからだを向けると、あっと声をあげた。見ろ。言いながら、彼は南のほうを指さした。女もふりむいて、見た。水平線のずっと向こう、水面に緑の円錐形の島がくっきり浮かんでいた。もうすぐだ。男がうれしそうに言った。ぼくの見るかぎりでは、一時間半はかからないよ。それからじっと目を凝らすようにして、デッキによりかかった。岩礁かな。彼は腕を左にさしだすと、まるで帽子が二個、水面にほうり出されたような、トルコ玉の色をしたふたつの突起物をゆびさした。なんて、変なかたちの岩だ。まるで、まくらじゃないか。なにも見えないわ、女が言った。あっちだよ、もうちょっと左、ぼくの指のまっすぐ先だ、見えた？　そう言いながらマルセルは、指を一本立てたまま、右腕を女の肩にまわした。ぼくの指のまっすぐ先だ。

巡回を終えた検札係の男は、手すりのそばのベンチにこしかけて、二人のしぐさをじっと見ていた。二人が話していることの内容もなんとなく理解していたのだろう、笑いながら近づいてくると、おかしそうに女に話しかけた。彼女は注意ぶかく耳をかたむけていたが、やがて大きな声で、まさかあ！　と叫ぶと、いたずらっ子みたいに笑いを噛みころすように口に手をあてた。なんて言ったの。男は、会話の内容について行けない人間に特有の、まぬけた表情でたずねた。秘密を共有するものの目で、女は検札係のほうを見た。目が笑っていて、とても美しかった。あのね、あれは岩なんかじゃないんですって。教えられたことをぜんぶは打ち明けずに、彼女はそれだけ言った。男は、わからない、という、そして、たぶん、少々、いらついた表情をした。彼女が大きな声で言った。アソーレス諸島のあたりを徘徊する青い小さなクジラなんですって。ほんとうにそう言ったのよ。そしてそのあとは、もうがまんできないというように笑った。短い、よくひびく笑い声だった。それからふいに表情を変えると、風が間断なく顔に吹きつけてくる髪を手でかきあげた。ねえ、さっき飛行場で、あたし、あなたのこと、よその男とまちがえたのよ。なにか連想したのにちがいないのを、彼女は隠さずにあっさり言ってのけた。その人は、体格だって、ぜんぜん、あなたに似てないし、あなただったらカーニヴァルのときだってぜったいに着ないような、信じられないワイシャツを着てたのに。変でしょう。男は、ぼくにも言い分がある、というふうに手で相手をさえぎった。ぼくはホテルにいたんだよ。締切が迫っているのに、まだ原稿にすっかり目を通してなかったものだから。だが、彼女もゆずらなかった。たぶん、ずっと、あなたのこと考えてたからよ、それに島のことやら、太陽のことなんかも。まるで自分自身に話しかけているような彼女の声はほとんど囁(ささや)きに近かった。こないだからずっと、あなたのこと、いろんなふうに想像ばかりしてたのよ。雨が降りつづいたでしょう。あなたが、島の浜辺でぼんやりすわってるのが見えるような気がしたわ。あんまりながいこと会わなかったからよねえ、きっと。男は彼女の手をとった。ぼくだっておなじだよ。でも、海辺にはそれほど出なかったな。ぼくの前にあったのは、タイプライターだけだ。それに、ここもよく雨が降ったよ。信じられないだろ。ざあざあ降ることだってある。女がすこし笑った。お仕事、済んだかどうか、あたし、うかがってなかったわねえ。もし、理論だけでいいのなら、あたしだってあなたの作品を想像しただけで、お芝居十篇ぐらい、あっというまに書けるんだけど。ねえ、どんな作品なの？　あたし、知りたくてうずうずしてるの。あ、そうか。たとえば、ちょっと派手で達者なイプセンの再読というところかな。感動を隠さないで彼が言った、派手で達者って言ったけれど、ぼくのはいつもそうだが、少々、辛辣(しんらつ)でもあるんだ。彼女のほうから見れば、だね。……それって、どういうこと？　女がたずねた。そうだな、男がはっきりと言った、今の時代の好み、とでもいうのかな。風向きを考えると、どうやら、女の側からものごとを考えたほうがよさそうなんだ。そういうテーマを出すとすればだけれど。いや、もちろん、そんなことを考えてこれを書いたわけじゃないよ。話そのものは基本的には通俗っぽい。ある関係の終わりについて、さ。でも、どんな話だって、みんな通俗的さ。大事なのは、どこに立って、それを見ているか、だろう。だから、ぼくは女を救う。彼女がほんとうの主人公だ。男のほうはエゴイストで、ちっぽけな人間だから、じぶんがなにを失おうとしているか、気がついてない。わかる？

女はこっくりうなずいた。たぶん、ね。あんまり自信はない。でも、と男が言った。それだけじゃなくて、ほかにも書いた。このあたりの島は死ぬほど退屈なものだから、時間をつぶすには、書くしかない。それと、もうひとつ、次元を変えてみて、自分の能力を試してみたかったこともある。ぼくはいつもフィクションばかり書いてるから。そのほうが、ノーブルだもの。女が言った。

すくなくとも、フィクションはなにもないところから生まれるし、だから、なんていえばいいのかな、そう、軽いっていうのかな。そうさ、男が笑った。デリケートなのさ。par délicatesse j'ai perdu ma vie［繊細すぎて、わたしは人生をあやまった］のだから。でも、ある時点では、現実と対抗して力だめしをする勇気をもたなければいけない。すくなくとも、人生の現実と、ね。それに、いいかい、ふつうの人たちは、だれかがじっさいに生きた人生の物語に飢え渇いているじゃないか。空想力の乏しい小説家の空想にはもううんざりしている。女が、そっと、ほんとうにそっとたずねた。それじゃあ、回想、なの？　彼女の低い声にはどこか心配そうなひびきがあった。一種の、ね。うん。彼が言った。ただ、解釈と思い出でごたごた飾りあげることは、しない。はだかでなまな事実だけ。それだけだ、大事なのは。スキャンダルになるかしら、女が言った。評判にはなるだろう、っていうことだ。男が言いなおした。女はなにか他のことに気をとられているふうに、ちょっと笑ってから、たずねた。題は、もう決まったの。まあね。Le regard sans école［派閥なしの視線］。きみは、どう思う。エスプリがあっておもしろそう。彼女が言った。

船は大きく旋回して、島に近づいて行った。小さな煙突から重油のきつい匂いがする黒煙が威勢よく吐き出され、満足だといわんばかりに、エンジンの音がおだやかなリズムを刻みはじめた。わかったよ、どうしてこんなに時間がかかるのか。男が言った。埠頭（ふとう）は、島の向こう側なんだ。

ねえ、マルセル。まるでさっきからの考えをずっとあたまのなかで追いつづけていたように女が言った。この冬、あたし、ずいぶんアルベルティーヌといっしょにいたのよ。船は、エンジンがなにかにつまずくみたいに、がくんがくんと揺れながら前進した。海岸すれすれのところにある教会のまえを通ったときは、あまりすれすれだったので、教会に入っていく人たちの体つきがはっきりとわかるほどだった。日曜のミサに人びとを呼びあつめている鐘（かね）も、どこか足をひきずっているような、調子はずれの音だった。

えっ、男が鼻のてっぺんのまぼろしの虫を手ではらった。いま、なんて言ったの？　彼は顔に、呆れた、という感情と、同時にきつい失望の色をうかべた。

あたしたち、しょっちゅう会ってたのよ、女が言いなおした。ひとに会ったり話したりするのって、大事なことなのよ、人生にとって。男は立ち上がって、手すりに寄りかかったが、もういちど、椅子にすわりなおした。いったい、なにを言ってるんだ。きみはあたまがおかしいんじゃないか。彼は不安でたまらないように、足をがたがたいわせた。あのひとは、不運だけど、こころの寛いひとなのよ。考えにふけりつづけている調子で彼女が言った。あなたのこと、ずいぶん、好きだったと思うの。男はどうにもならないというように両手をひろげて、意味のわからないことをつぶやいたが、しばらくすると、言った。いいよ、もういいんだよ。それよりも、到着だ。

船は岸壁に横づけになる準備態勢に入った。ランニング姿の男が二人、船尾で船を係留するためのロープをほどくと、腰に両手をあててそっちを見ている三番目の男のほうを向いてなにか叫んだ。旅客を迎えにきた親族たちが小さく群れていて、手を振ってあいさつをしていた。いちばん前の列に、黒いスカーフをかぶった老婆が二人、そして初聖体の白い花嫁衣裳をつけて、片足で跳びはねている女の子が見えた。

それじゃあ、コメディーのほうは？　とつぜん女がたずねた。忘れていた質問を思い出した、というふうだった。コメディーの題は決まってるの？　まだ、あなた言わなかったわよ。男は新聞と小型の写真機を航空会社のロゴが入ったバッグに納めているところだった。百ほど考えたけど、ぜんぶボツにしたよ、男はバッグのうえに身をかがめたままで言った。ぴったりくるのがひとつもないんだ。こういう作品には、ぴりっとした、それでいて耳にすっと入るような題じゃなきゃだめだ。立ち上がった彼の目には、うっすらと希望の火がともった。どうして訊くのさ。なんでもないわ。彼女が言った。ただね、こんな題はどうかなって考えてみたの。だけど、たぶん、不まじめすぎるわ。正式のポスターなんかには、似あわない。それに、お芝居のテーマとはなんの関係もないし、うまくつながらない感じなの。もういいよ。彼が懇願した。おねがいだから、じらさないでくれよ。もしかしたら、天才的な題かも知れないじゃないか。くだらないのよ。女が言った。ふわっとあたまに浮かんだだけ、なのよ。

旅客が出口に殺到し、マルセルはつめかけた群衆に押し出された。女はわきによけて、手すりのロープでからだを支えた。埠頭で待ってるよ、うしろをふりむかずに、彼がどなった。波に押しながされるほかないよ。林のような人びとの頭の波間で、彼が手をあげて振った。彼女は手すりに寄りかかって、海を見ていた。

# その他の断片

一八三九年の四月、ふたりのイギリス人がフローレス島に上陸した。この島とコルヴォ島は、アソーレス諸島のなかでも、もっとも辺鄙（へんぴ）で、もっとも孤立した島だ。彼らをそこまで行かせたのは、どんなときにも最良の案内者である好奇心だった。彼らは島の北端に位置するサンタ・クルスに上陸した。村は小さな自然の良港にめぐまれていて、今日でもフローレス島に上陸するには、もっとも安全な場所だ。ふたりは十七世紀にポルトガル人の造った教会が見たかったので、サンタ・クルスから海岸沿いに、あるときは徒歩で、あるときは駕籠（かご）に乗って、四十キロほどの距離をラージェス・デ・フロレスまで行った。帆船の帆で仕立てた駕籠は、八人の現地人がかついでくれた。ふたりの旅行者の描写から推察すると、駕籠というよりは、二本の棒にしばりつけたハンモックといったほうがよいかもしれない。

　群島の島はすべて火山島だが、フローレス島も例外ではない。しかし、たとえば白砂の海岸と緑したたる森林のあるサン・ミゲル島やファイアル島とは異なり、この島は大洋に浮かんだ黒い熔岩（ようがん）の一枚岩なのである。火山には、花々もよく育つ、とベケール*なら言うだろう。ふたりのイギリス人は信じられないような風景のなかを旅して行った。花々が群れ咲く岩盤のあちこちには、ふいに恐ろしい深淵が口を開けていたり、崖（がけ）や険しい絶壁があったりした。旅の途中、彼らは一夜を過ごすために、ある漁村に泊った。それは断崖の頂上に建てたほんの小さな村だったが、その名について旅行者たちはなにも記していない。不注意のためではないように思う。というのも、彼らの物語はふつうは正確で、微に入り細を穿っているからで、たぶん、村には名がなかったのだろう。単に《アルデイア》と呼ばれていたのではないか。この言葉は、村を意味するからで、何キロにもわたる地域で人が棲んでいるただひとつの村落だったから、固有名詞でなくても、これで充分なのだ。遠方から見たところ、多くの漁村がそうであるように、小ぎれいで幾何学的にも整った村のように思えた。住居は、しかし、なにやら奇妙な形態をしているようなのだ。なにがおかしいのか、理由は彼らが村に入ってはじめてわかった。ほとんどの家の正面に船の舳先（へさき）が取りつけてあって、なかには高価な木材を用いたものもあった。平面図でいうと家は三角形だから、底辺にあたる壁の部分だけが石だ。なかには、すばらしく美しい家もあったとイギリスの旅人たちは驚いている。内部は、角燈も、ベンチも、テーブルも、そしてベッドにいたるまでのあらゆる家具が、すべて船から持ってきたもので、家らしい感じは皆無に近い。多くの家には船の丸い窓がとりつけてあったが、家が絶壁の上にあったから窓から見ると眼下に海があって、まるで山頂に座礁した船の中にいる気分になる。これらの家は、なんと、

＊グスタヴォ・アドルフォ・ベケール（一八三六－七〇）、スペインの詩人で作家。『詩集』（一八六〇－六一）はロマン派的な代表作。

何世紀にもわたってフローレスとコルヴォ島の岩礁の付近を通りかかり、ありがたいことにそのため難破した船の残骸(ざんがい)で造られていたのだ。イギリス人たちが泊めてもらうことになった家の正面には、はっきりと白い文字でTHE PLYMOUTH BALTIMOREと英語で記されていたが、たぶん、そのためもあって、彼らはまるで自分たちの家に帰った気分になった。事実、その夜はぐっすり眠れたので、翌日はまた帆布に乗って旅をつづけることができた。

ふたりの旅行者の名は、ジョゼフとヘンリー・バラー。彼らの旅はたしかに語りつがれる価値のあるものだ。

一八三八年の十一月、ロンドンの医師ジョゼフ・バラーは、当時、知られていた限りの肺病の療法を弟のヘンリーに試みたが、病勢はつのるばかりだったので、この弟を連れてサン・ミゲル島に旅することに決めた。遠く離れた孤島ではあったけれど、サン・ミゲルは、大西洋上の気候温暖な島の中では、イギリスと持続的に交信を確保できる唯一の島だった。オレンジの実る季節、すなわち十一月から三月までは、毎週、イギリスに手紙を出すことができたし、二十日で返事が来た。というのも、オレンジをイギリスに運搬する帆船が郵便船の役目をも果してもいたからだ。当時、サン・ミゲルには島の面積にほぼ等しいオレンジ畑があり、ほとんど波打ち際までオレンジの林が迫っていた。

かなり揺れのはげしいオレンジ船での航海のあと、兄弟は一八三八年の十二月にポンタ・デルガダに着き、一八三九年の四月までサン・ミゲル島に滞在した。その時期に兄弟は漁師の小さな帆船に乗って中部および北部アソーレス諸島に出かけているから、ミスター・ヘンリーの健康状態がかなり好転していたと推察してよいだろう。群島、とくにファイアル島およびピコ島、そしてコルヴォの孤島における彼らの生活をもとにして、すばらしい旅行記が生まれ、一八四一年、ロンドンに戻ったバラー兄弟は、ジョーン・ファン・フォルスト印刷所から *A Winter in the Azores and a Summer at the Furnas*〔『アソーレス諸島の冬とフルナシュの夏』〕を出版した。今日、これを読むものは、感嘆し、また驚嘆するのだが、実際のところ、アソーレス諸島での暮らしは当時からそれほど変っていない。

almas あるいは alminhas すなわち、霊、あるいは小さな霊たちについて。天使聖ミカエル［サン・ミゲル］を描いた青と白のタイルをまん中にはめた立方体の石の台に十字架が立っている。十一月二日には、霊たちが現れるのだが、それは聖ミカエルに煉獄から縄で吊りあげてもらうためだ。霊ひとつにつき、ロープが一本要る。サン・ミゲル島はどこに行っても十字架があるから、霊たちも、岩礁や断崖や波の逆まく溶岩の浜辺などをさまよい歩いている。夜おそく、あるいは早朝、耳をすますと彼らの声が聞こえる。意味のはっきりしない呻き声であったり、聖者の名を呼ぶ連禱だったり、囁き声であったりするが、懐疑的な人間や気の散りやすい人は、よく海鳴りやアホウ鳥の叫びとまちがえる。それらの多くは、難破した人間の霊だ。

ポルトガル探検隊の最初の船がこの島の岩に衝突して砕けた。サー・ウォルター・ローリーやカンバーランド伯爵の海賊船も、アソーレス諸島をフェリペ王の領土に加えようとしたドン・ペドロ・デ・ヴァルデスのスペイン艦隊も。事実をいえば、スペイン艦隊の乗組員はここではうまく脱出したが、けっきょくは、一五八一年、サルガの海戦のおり、テルセイラで、ついに難破しおおせた。スペイン軍の到着を、アソーレスの住民たちは丘の上で待ちうけていて、怒りくるった牡牛の群れを追い落して敵を粉砕した。その戦闘に参加した人々のなかには、セルバンテスおよび、この激しい戦闘を四行詩に回想したロペ〔デ・ベガ〕がいた。

ぐっと近代的で、日刊紙や写真週刊誌の紙面をにぎわせる難破者たちがつぎにやって来た。裕福でエキセントリックで、ニューヨークやニューベッドフォードの港を出るときには、自分たちがこれから乗る豪華船を背景に写真を撮らせる、といった種族の旅行者たちが遭遇する災難の物語だ。プラチナ・ブロンドに染めた捲き毛（まげ）、金ボタンつきのブレザーコート、シルク・スカーフといった人種である。ボトルのコルクが飛んで、泡だつシャンパンが流れ出る。フォックス・トロットその他の軽音楽がよくお似あいで。船には、船主のたどった人生とおなじくらい奇想天外な名がついている。《ホゥホゥ》、《アナヒータ》、《バナナ・スプリット》。銀のハサミで係留索をカットする役目をになわされた市の三流役人が祝辞を述べる。皆様、よいご旅行を、ボンヴォアイヤージュ。世界も難破しかかっているのだが、だれもそれには気づかない。

十九世紀の終りごろ、モナコ公国のアルベルト一世大公が、自家用のヨット《イロンデル》に乗ってこの海域の島めぐりをした。近辺の海で卓抜な海洋学研究の成果をいくつもあげ、潜水服をつけて最深部にもぐり、未知の、輪郭のぼやけた、奇怪な生命の形態といえる軟体動物や、魚類、海藻などの分類に従事した。アソーレス諸島については臨在感にあふれた旅行記を残しているが、僕がなによりも打たれたのは、一頭のマッコウクジラの最期についての文章だった。巨大な動物の死は、大西洋航路船の難破にも比すべきもので、荘厳と恐怖に満ちたものである。

《……捕鯨員たちは海事法の規定に従って、マッコウクジラの死骸を迅速に海にもどそうとした。腐敗がはじまれば、あたり一帯の海が汚染されることは明白だったからである。だがそれは容易な仕事ではなかった。じじつ、死骸を海岸から二、三百メートルのところまで曳航(えいこう)して行って、これを適当な潮流に乗せるだけでよいのなら、しごく簡単だろう。しかし、気まぐれに変る風向きによっては、死骸がまた戻ってくるかも知れないのだ。悪臭を放つこの大きな物体を始末しようとして、鯨捕りたちが来る日も来る日も悪戦苦闘を強いられる場合さえあり得る。そのうえ、もし海がひどく荒れるようなことになれば、この困った廃棄物が潮に流されて、近寄りがたい断崖にひっかかったりすれば、その腐臭のひどさにその地方の住民は何ヵ月ものあいだ、苦しめられる危険もある。あげくのはて太陽のかがやく日がおとずれると、ガスが充満してふくれあがった腸が轟音とともに爆発し、一帯に残滓が降りそそぐだろう。よろこぶのは、これがなにより好物という、色あざやかなオンボウ蟹だけである。ときに、これらの不吉な生物たちは、このおぞましい「午後五時」のもてなしをめがけて――運よく、親切な満潮が乗せてくれればの話だが――、貧弱なアンテナを立ててこの巨大なパイに群れるエレガントな小エビたちとデートとしゃれることもある。いずれにせよ、人間に負わされた最初の一撃による傷口を起点に、すべて生あるものが避けられない死のサイクルの終点まで彼を連れて行ってくれる最下層の動物の働きに到るまで、あわれなマッコウクジラに残されているのは、ゆっくりと破滅の道をたどる運命しかない。マッコウクジラの死は、偉大なものの崩壊にふさわしく荘厳であり、捕鯨者たちが彼らのために小さな湾にしつらえてやる墓には、彼らの残骸が、まるで大聖堂の廃墟のようにうずたかく積まれている》

僕はながいこと、シャトーブリアンのこんなフレーズを憶えていた。*Inutile phare de la nuit*［役たたずの夜の燈台］。僕は、このフレーズにずっと、魂の迷いを覚ましてくれる慰めの力を感じてきた。たとえば、なにかじぶんが惹かれていたものが、inutile phare de la nuit にすぎないと気づいたとき、あるいは、ただその燈台の光を信じているために、なにかをしようという気になったときに。迷い、幻想を抱くことの力、といえるだろうか。僕の記憶では、このフレーズは、遠い、もしかしたら無いのかも知れない、ある島の名につながる。Ile de Pico, inutile phare de la nuit.

僕が *Les Natchez*［シャトーブリアン、一八九二年作『ナチェズ家の人たち』］を読んだのは十五歳のときだった。なにかが足りない、理屈に合わない作品だが、それなりのすばらしさがある。僕にその本をくれたのは、あまり長くなかった生涯を、俳優になる夢を見つづけて生きた叔父だった。たぶん、シャトーブリアンの作品の演劇的な性格と、この作家が作品の中で用いた背景が好きだったのではないか。この本は僕を魅了し、僕は空想と手をつないで、冒険の舞台をともにさまよった。まだ正確にいくつかの箇所を覚えているのだが、何年ものあいだ、僕は燈台のフレーズがこの本の中にあると信じこんでいた。いま、これを書きながら正確に引用しようと考えついて、*Les Natchez* を読みなおしたところ、そのフレーズが見つからない。最初、僕は、引用部分を探すためだけの目的で本を読む人間がきっとそうするように、あわてて読んだものだから、読み落したのだと思った。つぎには、これが見つからないのは文章自体の内的な性格によるものだと思いなおし、そのことに慰められた。僕は、それから、このフレーズのどの部分に、ものごとを喚起し暗示する力が隠れているのか、また、どうしてそれが、たとえ無意識にではあっても、まったく魅力を感じないこんな島に自分を呼びよせたのかと、自問した。僕たちの人生の歩幅は、ときに、みじかい言葉にさそわれて変ることがある。

さいごにつけくわえよう。ピコには、夜、かがやく燈台など、存在しない。

ブリージィとルパートが、お別れのまえに一杯飲もうといって、彼らのヨットに招いてくれた。この辺りでも有効な《七時の凪》を利用するために、きょうの午後、出発するのだ。アマデウス号は、貯水タンクのまえに係留されていて、青と白に揺れている。こんな小さな舟が大海を渡って行くなんて、ほとんど信じられない。

ルパートはすごい赤毛で、ソバカスがある。ダニー・ケイふうの明るい顔だ。スコットランド人だと本人から聞いたことがあるような気もするが、彼の体格からそう思いこんだのかもしれない。ロンドンでは、船会社に勤めていた。何年ものあいだ机のまえにすわって、電灯の下で、エキゾチックな荷が積みこまれた遠くの港を夢みていた。ある日、退職金を貰ってしまうことに決め、持物をぜんぶ売りはらって、このヨットを買った。いや、ニューヨークの船のデザイナーに図面をひいてもらって、わざわざ誂えたのだ。だから、アマデウス号に足を踏み入れるたびに、僕は、陸から見たときのクルミの殻みたいなしろものとは大違いだ、と感じる。ブリージィは彼のガールフレンドで、いまはふたりいっしょに船で暮らしている。ようこそいらっしゃい、あたしたちのうちに。僕が行くと、彼女はそういう。人なつっこい、やさしい顔だ。笑うとはっとする感じで、まるでガーデンパーティーに行くみたいな、ぜんぜん大西洋横断という感じではない花もようの長いドレスを着ている。内装は高価な木材と暖色の布を使ってあるので、中に入ったとたん、快適な、守られた気分になる。小さいが、よくそろった本の棚がある。僕は中をのぞいて見る。メルヴィル、当然だ。それからコンラッドとスティーヴンソン。だが、ヘンリー・ジェイムスもあるし、キップリング、バーナード・ショー、H・G・ウェルズ、『ダブリン市民』、モーム、フォースター、ジョイス・ケアリー、M・E・ベイツ。僕が*Jacaranda Tree*を手にとると、話がブラジルに飛ぶのはもう避けられない。彼らはアメリカの沿岸沿いに下降して、セアラ州のフォルタレザまで行ったという。でも、ブラジルはまたの機会にとっておくのだそうだ。それまでにルパートはアマデウス号を使って豪華なクルーズをまとめる予定だ。これが彼らの生計になる。ヨットを貸すのだが、ルパートはたいてい、水夫として船に残る。それ以外は、彼らふたりだけの船だ。

よい旅行を祈って、乾杯する。いまもいつも、よい風が吹きますように、と僕は祈りをこめて言う。ルパートは棚の引戸をあけて、ステレオセットにテープを入れる。モーツァルトのピアノとオーケストラのための協奏曲、K271だ。それでやっと、どうして船の名がアマデウスなのかわかった。棚にはモーツァルトの全作品のテープがそろっていて、ていねいに作成したカタログまである。ルパートとブリージィが、クラヴサンやモーツァルトのメロディーを伴奏に世界の海を渡っていくのを想像して、僕はふしぎな美しさに魅せられる。たぶん、自分は音楽というものをいつも、陸や劇場や防音装置のある空間の薄暗がりにつなげて考えていたからに相違ない。音楽は荘厳な流れで進行して、僕たちを包みこんだ。グラスが空になったので、一同、立ち上がって抱擁(ほうよう)をかわす。ルパートがエンジンに点火すると、僕は細い階段を上って埠頭に飛び降りる。ピム港をかこんで輪をえがく家並に、やわらかい光が射している。アマデウス号は大きく旋回して、スピードをあげる。ブリージィが舵をとっていて、ルパートは帆をあげている。アマデウスの帆がぜんぶ上がってずっと沖に出てしまうまで、僕は手を振りつづける。

ホルタで船を降りる航海者は、かならず、埠頭の壁に絵、あるいは名前か日付を書き残すことになっている。一〇〇メートルほどの長さの壁に、帆船の絵やめいめいの国や船の旗の色どりや数字や短い文章などがごちゃごちゃと書いてある。ひとつだけ、ここに書き写してみよう。ブリスベインのナット。風の吹くまま、ぼくは旅をする。

一八九五年、風が、ジョシュア・スローカム船長をホルタに連れてきた。初の単独世界一周をなしとげた人物だ。彼のヨットは《スプレイ》という名で、写真で見るかぎりは、ぶざまで、あぶなっかしい感じ、世界一周よりは、むしろ河川を回遊するのに向いている感じの船だ。アソーレス諸島について、スローカム船長は、美しい文章を残している。*Sailing Alone in the World* という、表紙に錨を輪につないだ模様のある、ずっと昔に出た本。

風が、僕の知るかぎりでは世界でただひとりの女性捕鯨手を運んできた。名はミス・イライザ・ナイ、十七歳。アソーレスに来たのは、母方のお祖父さんで博物学者だったトマス・ヒックリングが、サン・ミゲルの自分のところで一年、暮らしてみないかとさそってくれたからだったが、ニュー・ベッドフォードから、そのころ《西部諸島》とアメリカ人が呼んでいたアソーレスに来るのに、彼女は泰然として捕鯨船シルフ号に乗りこんだのだった。ミス・イライザは、質素な清教徒的アメリカの家庭に育ち、ものごとに積極的にとりくむ利発な少女だった。捕鯨船に乗っても落ち着いたもので、どうかしてじぶんが役に立ちたいと努力を惜しまない。航海は一八四七年の七月十日から八月十三日まで続いた。しなやかで闊達な文章で書かれたほほえましい彼女の日記には、海のこと、気むずかし屋で父親のようなガードナー老船長のこと、イルカのこと、フカのこと、そして、とうぜん、クジラのことが書いてある。仕事のないときには、日記をつけるだけでなく、聖書を読み、バイロンの *The Corsair*［海賊船］を読んだ。

《ピーターズ・バー》は、ホルタ港の船員クラブの近くにあるカフェだ。居酒屋と待合場所とインフォーメーション・センターと郵便局を混ぜたような場所。顧客のほとんどは捕鯨船員だが、大西洋横断のヨットや他の大航海に挑んでいる連中もやってくる。海の男たちは、ファイアル島が寄港せぬわけにはいかない港だということを知っているから、だれもが《ピーターズ》に立ち寄る。そのため、ここは、たよりない、信じられないような伝言や便りの中継所になっている。《ピーターズ》の木造のヴェランダには、だれかが読んでくれるのを待っているカードや電報や手紙やらが貼ってある。カナダの切手を貼った封筒にはこう書いてある。For Regina, Peter's Bar, Horta, Azores.［レジーナへ。ピーターズ・バー気付、ホルタ、アソーレス］Pedro e Pilar Vazquez Cuesta, Peter's Bar, Azores.［ペドロとピラール・ヴァスケス・クエスタ様、アソーレス、ピーターズ・バー気付］これはアルゼンチンからの手紙だが、これだけの宛名でちゃんと着いている。うっすら黄ばんでしまったカードの伝言はフランス語だ。Tom, excuse-moi, je suis partie pour le Bresil, je ne pouvais plus rester ici, je devenais folle. Ecris-moi, viens, je t'attends. C/o Enghenheiro Silveira Matins, Avenida Atlantica 3025, Copacabana. Brigitte.［トム、ごめん。わたしはブラジルに行くことにしました。ここにいたら気が変になってしまいそうだったから。手紙を待ちます、来てよ。あなたのこと待ってます。コパカバーナ、アベニーダ・アトランティカ 3025 エンジニール・シルヴェイラ＝マティーンス様方、ブリジット］そして、もうひとつは、こんなふうに英語で懇願している。Notice. To boats bound for Europe. Crew available!!! I am 24, with 26.000 miles of crewing / cruising / cooking experience. If you have room for one more, please leave word below! Carol Shepard.［求職。欧州向け船員になりたし。当方、24歳、航海経験二六、〇〇〇マイル／船員あるいは厨房員希望。あと一人雇ってもよいと思われる方はその旨、下に書いて下さい。キャロル・シェパード」

ほっそりした、きゃしゃな船体は最高級の材料で造られている。これまでかなり航海の経験をつんでいるにちがいない。偶然、この港にやって来た。旅はすべて偶然だ。船の名は《紺碧(こんぺき)のひびき》。

火を吐く山々、風、孤独。十六世紀、ここに最初に上陸したポルトガル人の一人は、アソーレス諸島についてそう書いている。

# アンテール・デ・ケンタル——ある生涯の物語

　アンテールは、牧草地とオレンジ畑を所有するアソーレスの名家に九人きょうだいの末子として生まれ、島の地主の飾らない質素な豊かさに囲まれて幼年時代を過した。先祖には天文学者がひとり、神秘主義者がひとりいたが、彼らの肖像画は、樟脳の匂いのする薄暗い客間の壁にかかった祖父の肖像画と並んでかかっていた。祖父の名は、アンドレ・ダ・ポント・ケンタル、一八二〇年、最初の自由主義革命に加わったかどで、流刑と牢獄の辛酸をなめた。これらのことをアンテールに話し聞かせたのは、やさしい性格の、馬好きの父親で、この人もかつて絶対王政主義者たちに反抗して立ち上がったミンデロの戦いの勇士だった。

ごく幼い日々、アンテールは、縫いぐるみの小さな仔馬と遊んだり、サン・ミゲルの山岳地方から来ていた女中たちの古風で哀愁に満ちた歌を聞いたりして大きくなった。山岳地方の村々は土地が火山岩だったから、カルデイラス［カルデラ］とか、ピコ・ド・フェル［鉄の山］などと呼ばれていた。おとなしい、青白い顔をした子で、髪がすこし赤味がかっていたが、ときに透明ではないかと思えるほど薄い色の目だった。午前中、彼は重厚な造りの家のパティオで遊んだ。女たちが戸棚の鍵を管理していて、窓には粗いレースのカーテンがかかっていた。駆けまわったり、愉しそうに小さな叫び声をあげたりして、彼は幸福だった。こころから兄を愛していたが、静かな狂気がこの兄さんの風変りだが稀な知性を、長期間にわたって曇らせてしまうことがあった。彼は、小石と貝がらを駒に使う《天と地》と呼ぶゲームをこの兄さんといっしょに考案した。そのゲームのためのチェス盤は砂に描いたが、円形だった。

読み書きをならう年齢になると、ポルトガルの詩人フェリシアン・デ・カスティーリョが家に招かれ、子供の教育がゆだねられた。たぶん、オウィディウスとゲーテの訳者だったことから、それに、もしかしたら、不幸にも盲目だったため、作品にロマン派の連中が愛してやまなかった詩聖にふさわしい陰影があったせいか、当時、デ・カスティーリョは大詩人として名を馳せていた。現実には、修辞法と文法がなによりも好きな、短気で不愛想な博識者にすぎなかったのだが、小さいアンテールは彼からラテン語とドイツ語と韻律法をならった。そこそこの学問をおさめるうちに、彼は思春期にさしかかった。

十五歳になった年の四月のある夜、アンテールは突然はっとしたように目が覚め、どうしても浜辺に行かなければと思った。おだやかな夜で、空には三日月がかかっていた。家の者は寝しずまっていて、レースのカーテンが風をはらんでいた。彼はしずかに着がえると、岩場の多い浜辺に向かって降りて行った。岩に腰をおろすと、なにが自分をこの場所に来させたのかわからないまま、空を見上げた。まるで眠ったように静まりかえった海は、息づくようにうねっていた。これまでの夜となにひとつ違ったところがないのに、アンテールは不安に胸をしめつけられる思いで、深い焦燥を感じた。その瞬間、大地から湧き出たかのような、にぶい呻きが聞こえ、月が血の色を帯びると、海が巨大な腹のようにふくれあがって岩に砕けた。大地が震え、激しい風に樹々がたわんだ。とるものもとりあえずアンテールが家に駆け戻ると、家族はパティオに集まっていた。だが、もう、危険は去ったあとで、女たちは、突然の異変の恐怖よりも、むしろ、寝巻姿でいることをきまりわるがっていた。寝床に戻るまえに、アンテールは自分を抑えきれないで、紙切れにいくつかの言葉を書きつけた。書きすすむうちに、彼は、言葉が紙のうえで、ほとんど自然にそれなりのまとまりをみせてソネットの韻律を踏んでいくのに気づいた。その詩に彼はラテン語の献辞をつけ、彼にこの詩を書かせた名もない神に捧げた。その夜は安心して眠ったが、明け方、どこか皮肉な哀しい顔をした小さなサルが彼にむかってカードを差し出す夢を見た。そのカードを読んで、彼は、知ることがだれにも許されていない、けだものだけが知っている秘密を悟った。

アンテールはやがて一人前の男子になろうとしていた。天文学と幾何学を学び、ラプラスの宇宙生成の仮説や、物理的な力の調和についての概念や、《空間》の数学的概念などに夢中になった。夜が来ると、彼一流の神秘的で抽象的な数式を書きとめたが、それは宇宙の機械についての彼の考えを言語に訳したものだった。あの皮肉で哀しげな顔の小さなサルが毎晩のように夢に出てきたが、そのことにはすでに諦めがついていて、そいつが出てこない日は、むしろ変な気がするのだった。

大学で学問をおさめる年齢に達すると、彼は、家族の慣習にしたがって、ポルトガルのコインブラに行き、宇宙の法則の研究をやめて人間の法律を学ぶときが来たと、みなに伝えた。いまや長身でがっしりした体格の若者に成長していて、ブロンドの髭（ひげ）が威厳をそえ、人は彼からほとんど高慢ちきな印象さえ受けた。コインブラで、彼は恋を知り、ミシュレとプルードンを読み、当時の司法が施行していた法律よりも、人間の平等と尊厳について語るあたらしい法律の概念に情熱を燃やした。彼はこの思想に情熱をもってとりくんだが、それは、島の先祖から彼が受けついだ性向でもあったし、理性を重んじる彼は、正義と平等が世界ぜんたいを構成する幾何学にかかわるものだと確信できたからである。ソネットの閉ざされた完璧な形式をもちいて、アンテールは自分を支配している激しさと、真理を知ろうとする苦悩を書きとめた。やがて彼はパリに行って、印刷工になった。ちょうど他の人間が、修道僧になるような具合に。というのも、彼は肉体の疲労と機械について具体的なことを知りたかったからである。フランスのあとは、イギリスに、そのつぎはアメリカに渡って、ニューヨークとハリファックスに行った。人間が築いたあたらしい大都会を識りたかったからだ。ポルトガルに帰ったとき、彼は社会主義者になっていた。労働者の全国同盟をつくり、あちこち旅をして運動の宣伝につとめ、農民と暮らしをともにし、また燃える雄弁で人びとを魅惑した古代ローマの行政官のように故郷の島々を経めぐって、権力者の驕慢を、狡猾なものたちの甘言を、使用人らの小心を識った。義憤が彼に勇気を与え、強烈なあてこすりと怒りにみちたソネットを彼はつづった。仲間の裏切りも経験したし、自己の利得を公共の利得にうまく繋げる連中の、曖昧な手錬手管にもふりまわされた。

　たとえ自分が始めた仕事ではあっても、まるで関係のない事柄のように、自分より手腕のある他人に事業をまかせることも彼は覚えた。時代は実利的な人間を求めていたのに、彼はそうでなかった。無垢を失って世の中の低俗さに目ざめた子供のように、そのことが淋しかった。五十歳にもならないのに、アンテールは老けてみえた。目は落ちくぼみ、髭に白いものが混ざりはじめた。不眠に苦しむようになり、めずらしく休息することができると、声を抑えて泣いた。ときに、言葉が自分のものでなくなったように感じて、ふと気づくと、まるで他人がそこにいるみたいに、自分にむかって話しかけていることがあった。パリの医者はヒステリー症と診断し、電気療法を処方した。自分は無限を病んでいる、そうアンテールはメモに書きつけたが、もしかしたら医者の診断より、そのほうが彼にはふさわしい病名だったかも知れない。たぶん、ごく単純に、彼は理想や情熱の形態が移ろうことに疲れていたのであって、彼の不安は、いまや異った幾何学の秩序に属するものではなかったか。彼の書くものに、無という言葉が見られるようになったが、詩人には、それが完璧であることのもっとも完璧な形と思われた。もうすぐ四十九歳というとき、彼は故郷の島に帰った。

一八九一年の九月十一日の朝、彼はデルガダ岬の家を出ると、木陰の道を歩いて聖母教会まで降りて行き、角の小さな武器店に入った。黒い背広を着て、白いワイシャツ、ネクタイは貝殻で留めていた。店の主人は、ふとった慇懃な男で、犬と時代物の版画を愛していた。天井には真鍮の扇風機がゆっくりまわっていた。主人は、手に入れたばかりの、猟犬の群れがシカを追っている場面を描いた十七世紀の版画を客に見せた。老主人は詩人の父親の友人だったので、アンテールは、子供のとき、ふたりに連れられて、サン・ミゲル島でどこよりも美しい馬が集まるカロウラの市に行ったのを憶えていた。ながいこと、犬や馬について主人としゃべったあと、アンテールは銃身の短い小型のピストルを買った。彼が店を出たとき、ちょうど聖母教会の鐘が十一回、鳴った。彼は海岸道路をゆっくり歩いて、かなり長いあいだ、岸壁に立って帆船を眺めていた。

それから海岸道路をよこぎって、痩せこけたプラタナスが周囲に植わったスペランサ広場に行った。太陽がぎらぎら照り返していて、すべてが白く見えた。暑い季節だったから、その時間には人ひとり広場にいなかった。みすぼらしいロバが一匹、壁の金輪につながれていて、首を垂れていた。広場をよこぎりながら、アンテールはどこからか音楽が聞こえてくるように思った。立ち止まって振り向くと、向う側の隅のプラタナスの蔭(かげ)に旅芸人がひとりいて、手回しオルガンを鳴らしていた。旅芸人が手まねきをしたので、アンテールはそちらに歩いて行った。痩せたジプシーだったが、肩にサルを一匹とまらせていた。皮肉な、哀しげな顔をしたチビで、金ボタンのついた赤い軍服を着せられていた。アンテールにはそれが夢に出てくるサルだとわかった。そいつがちっちゃな黒い手を差し出したので、アンテールは小銭を一枚、てのひらにすべりこませてやった。するとそいつは、ジプシー男が帽子のリボンに挟んでいたひと束の色のついた紙の中から、一枚選んで彼に差し出した。彼はそれを手に取って、読んだ。そのあと、もういちど広場を渡って、ひんやりしたスペランサ修道院の漆喰（しっくい）の表面に青い錨を描いた塀の下にあるベンチにすわった。ピストルをポケットから出すと、彼はそれを口にあて、引き金をひいた。一瞬、まだ広場や樹木や海のきらめきや手回しオルガンを鳴らしているジプシーが見えることに彼は驚いていた。なまあたたかいものが首をつたって流れるのを感じた。彼は、もういちどピストルを作動させると、二度目を撃った。すると、風景といっしょにジプシーが消え、聖母教会の鐘が正午を打ちはじめた。

# Ⅱ　クジラおよび捕鯨手たちについて

# 沖合

第二次大戦の終りごろ、名は忘れてしまったがドイツのある小都市の海岸に、たぶん病気にかかったらしい憔悴（しょうすい）したクジラが一頭、打ち上げられた。ドイツも、都市は破壊され、人々は腹をすかせて、クジラとおなじくらい憔悴し、病みほおけていた。不自然な姿勢を余儀なくとらされたうえ、動きはとれず、ただ息をしているだけのこの巨大な訪問者を、町の人たちは浜まで見物に出かけた。だが、数日たっても、クジラは死ななかった。来る日も来る日も、人々はクジラ見物に出かけた。動物、というよりは黒い円筒といったほうがよさそうな、てらてらとした光沢のある、これまで本の挿絵でしか見たことのないこの物体を、どう始末すればよいのか、人々にはまるで見当がつかなかった。ついに、ある日、だれかが大きなナイフを手にすると、クジラに近づいて、脂肪でずるずるした肉を円錐状にくりぬき、いそいで家に持って帰った。住民のひとりひとりが、切れ端をすこしずつ、くりぬいて行った。彼らは、夜、人目を忍んで出かけた、というのも、だれもが同じことをしているのを知りながら、みな、人に会うのが恥しかったからだ。クジラは恐ろしい傷口をぱっくり開けたまま、それでもまだ何日か生きつづけた。

これを僕に話してくれたのは、友人のクリストフ・メッケルである。とっくに忘れたと思っていたのに、ピコ島に上陸したとき、岩礁の近くに浮いていたクジラの死骸を見て、ふいに思い出した。

大洋のまっただなかにクジラが浮いていると、まるで水雷にやられた潜水艦が漂流しているようにみえる。見ていて、あの腹の中には小型のヨナたちが潜水艦員よろしく閉じ込められているのではないか、などとおもわず想像してしまう。だが、彼らのレーダーはもはや機能しないから、他のヨナたちと交信するのをあきらめて、死を待っている。

ある科学雑誌で読んだのだが、クジラたちはたがいに超音波で交信するという。彼らの聴覚は非常に発達していて、たがいの呼び声を何百キロも離れたところからキャッチできる。むかしは、群れと群れが地球の正反対の地点から交信していた。たいていの場合は、愛の呼び声だが、その他にも、僕らには意味が解けないことを発信しているらしい。いまでは、海が機械的な騒音や人工的な超音波音で満ちてしまったから、クジラたちはそれを聞いても解読できず、彼らどうしの交信はひどい妨害をうけているらしい。そして、無駄と知りながらも、彼らは、やがては深淵に吸いこまれてしまうだけの信号や呼び声を相手に送りつづける。

クジラたちは、漁師が《死にクジラ》と呼ぶ恰好をすることがあるが、それは他の個体から離れて孤立している成獣の場合に限られる。《死》んだクジラは、まるで深い眠りに陥ちたもののように、表面的にはなんの努力もせずただ浮いて、海面を漂流しているようにみえる。漁師たちによると、クジラがこういう恰好をするのは、重い凪のときとか、太陽が容赦なく照りつける日にかぎるというけれど、じつのところ、クジラ目をおそうこういった仮死状態の真の原因は、現在まだ解明されていない。

捕鯨にたずさわる人たちにいわせると、クジラは、性交のあいだ人間が近くにいてもまったく無関心で、そのため、すぐそばまで行って手で触れることができるほどだという。性行為は、ヒトと同様に腹部を合わせて行なわれる。捕鯨手たちはクジラは性行為のとき頭部を水面に出すというが、博物学者は、クジラ目が性交のときにとる体位は水平であって、垂直な体位は漁師の空想にすぎないと説明している。

クジラの出産の状況や、生後まもない仔の生態についての情報は乏しい。いずれにせよ、他の海の哺乳動物について知られているのとはどこか内容が《異って》いることは確実だ。さもなければ、生まれたばかりの仔は母親の循環器系につながっていた臍(へそ)の緒(お)が切れると同時に、窒息したり溺死(できし)したりするのではないか。よく知られているように、海の哺乳動物の出産と性交のときは、祖先が陸にいたころの記憶が彼らのなかによみがえる唯一の時間であると考えられていて、これらの哺乳動物が異性と交わり、あるいは出産のために陸にやってきてそこにとどまる時間は、幼獣の生命の最初の段階にとって必要不可欠なものだけに限られている。そのためクジラ目においても、陸にいたころの行為の記憶は、彼らの生理的記憶から最後に消えるものと考えていい。クジラ目は、水生哺乳動物のなかで、陸にいた祖先の跡がもっともすくなく残っている生物であるためだ。

《私たちと同様、赤い血が流れ、乳を出す、このやさしい哺乳動物の種族と、太古の泥土の醜悪な産物ともいえる先史時代の怪獣たちとはなんのつながりもない。ずっと後になってクジラが出現したときには、水はもう澄んでいたし、海には障害物もなく、地球は平和だった。海には乳も油もふんだんにあった。動物性を獲得した煮えたぎる脂肪が、信じられないほどの精力で醱酵(はっこう)をつづけ、生きようとしていた。彼らはやすむことなく繁殖しつづけ、巨大な自然にはぐくまれて、群れつどい、比類ない力と、もうひとつ、なによりも貴いものを自然からさずかった。それは、火のように赤い、すばらしい血だ。ついに血が現れたのである。これこそはこの世界の真の花といっていい。色あせ、卑小で、弱々しいうえに無為な生を送る生物のすべてが、この真紅の液体のなかに沸き立つ豊かな生命にくらべられたとき、たとえ憤怒(ふんぬ)や愛がその体内を流れていたとしても、まるで心ない存在のようにみえる。血は、より高貴な世界の力なのであって、血をおいて、その世界の魅力も、美も、存在しないにひとしい。……だが、このすばらしい贈物は無限につよい感受性を内蔵している。比類なく傷つきやすく、苦しみと愉楽に生をさらしている。クジラには狩猟の感覚がまったく備わっていないために、嗅覚と聴覚が発達せず、すべてを触覚にたよっている。脂肪は彼を寒さから護ってくれるが、衝突のショックにたいしては、無防備だ。外皮は、六種の微妙に異った繊維から成っているにもかかわらず、すこしばかりの衝撃にも震動し、動転する。体軀（たいく）を覆っている柔らかい小さな突起には、このうえなく鋭い触覚が隠されている。そして、これらすべてが、ほとばしる赤い血液に刺激され、活力を与えられ、いわば動物としての形態までをも与えられているが、地上の哺乳動物に比べたとき、その量の豊かさではそのいずれをも、はるかに凌いでいる。傷ついたクジラの血は一瞬のうちに海にあふれ、あたりいちめんを朱に染める。われわれがしずくほどしか持たない血液が、彼らには奔流の惜しみなさで与えられている。

《雌は九ヵ月、仔を孕（はら）む。乳は、かすかに甘味があって美味、人間の女の乳とおなじく、やさしい生温さがある。だが、雌クジラはたえず波を切って進まねばならないから、もし乳房が胸にあれば、仔はたえず衝突の危険にさらされるだろう。そこで、胸よりも少し下部に、より護られた部位、仔が娩出される部

分に近いところに位置している。仔はそこに隠れて、母親が彼のために砕いてくれる波を愉しむ》（ミシュレ『海』二三八ページ）

灰色琥珀(こはく)はクジラが食べた甲殻類のケラチン性の殻の消化しきれない滓(かす)が、腸の一部に堆積したものであるといわれる。だが、それは病的な変異の結果であって、部分的な腸の結石症とする説もある。今日、灰色琥珀が用いられるのは、高級な香水の製造過程に限定されているが、この原料の交易の歴史を読むと、人間の想像力とおなじほど多くの利用法があったことが記されている。宗教儀式では鎮魂の香油として、また催淫を目的とする練り薬として、あるいはメッカの《黒い石》に詣でるムスリムの巡礼たちの宗教的熱意を証明するためにまで用いられた。シナの官僚たちの宴会では欠かすことのできない食前酒がこれから造られたともいう。『失楽園』のなかで、ミルトンが灰色琥珀について触れている。シェイクスピアも、どの作品か忘れたが、これに言及している。

《彼らにとってきびしい環境でいとなまれる愛の行為のためには、深い平和の場が求められる。世俗の目を嫌うゾウとおなじく、雌クジラは荒寥(こうりょう)とした海域においてしか愛を容れない。まぐわいは極点の周辺で行なわれ、グリーンランドの人知れぬ入江や、ベーリング海の靄の中、そして、たぶん、極点の近くで見つけた、より温い海など。

《彼らの孤独は深い。燃えさかる彼らの生命とは対照的な、死と沈黙につつまれたふしぎな背景といえる。北極グマ、アザラシ、もしかするとブルー・フォックスなどが、婚姻のうやうやしい証人として、ある距離を保って観察しているかも知れない。シャンデリアや燭台、そして幻想的な鏡もちゃんと存在する。青みがかったクリスタル、燦々(さんさん)とかがやく氷の絶壁や尖塔、処女雪、これらが周囲をとりかこんで婚姻を見守る証人だ。

《この婚姻を感動的で荘厳なものにするのは、そのために確固とした意志が必要とされるからだ。彼らはじぶんより弱いものを支配することに執着するサメのように、暴力にうったえる武器をもたない。そればかりか、彼らを包んでいる、つるつるした皮膚が、身を相手から隔離し、遠ざける。弱いものたちは、たとえそうするつもりがなくても、彼らから逃げるし、この絶望的な障害物を回避する。彼らはあまりにも気が合っているようなので、共同戦線を張っているようにさえみえる。捕鯨にたずさわる人たちは、この特異なスペクタクルをときに見るという。まるでノートルダム大聖堂の一対の塔のように、恋するものたちは、腕があまりにも短いことに泣き声をあげながら、抱きあおうとしてもだえる。そして、重い目方すべてをかけて落下する……クマも人間も、彼らの吐息にどぎもを抜かれて逃げ去った》（ミシュレ『海』二四〇―二四二ページ）〔以上の原文はフランス語〕。ミシュレの『海』にあるこの箇所を訳して平板にしてしまうには、あまりにも密度が濃く詩的すぎる。

手のつけられない凪で、灼熱（しゃくねつ）の太陽が照りつけ、大洋にぼってりとした暑気がのしかかるといった、そんな日々こそ、クジラたちが、陸にいた遠い祖先の記憶に戻ることを許される稀有な時間なのではないかと、僕は想像する。そのためには、あまりにも密度の濃い、完璧な自己集中が要求されるので、彼らは死んだように深い眠りに落ちるのではないか。てかてかと光る、大樹のような盲目の胴体を海に浮かべて、彼らは、夢見るように、はるか彼方の過去に、まだ彼らの鰭(ひれ)が、手まねきしたり、挨拶したり、愛撫したりすることができる乾いた四肢であったころ、彼らが高く繋った花々や草を縫って、まだマグマの基本的要素の構成を検討中で、仮説でしかなかった大地を駆けぬけていた、いまは遠いあのころを思い出しているのではないか。

アソーレスの捕鯨手たちの話によると、こんな状態のクジラの成獣が他の個体から五、六マイル離れたところで銛にやられると、たとえ瀕死の状態であっても、たちまち覚醒して恐怖にかられて逃げるという。アソーレスで捕獲されるクジラのほとんどは、マッコウクジラである。

《マッコウクジラ。このクジラは、大昔、トランパ・クジラ、あるいはフィジテリオ、あるいは、かなとこ頭のクジラなどと呼ばれて、イギリス人には漠然とその存在を知られていた。現在、フランス人はこれをカシャロ（Cachalot）と呼び、ドイツ人はポットフィッシュ（Pottfisch）と呼んでいるが、正式の名称はマクロチェファラ（Macrocefala）［大あたま］である。地球最大の生物であることは確実で、すべてのクジラのなかでも、もっとも出会いたくない恐ろしいクジラ、同時にもっとも荘厳な姿をした、そして、もうひとつ加えると、鯨脳油（spermaceti）という高価な物質を採取できる唯一のクジラであることから、商業的にも、ずばぬけて価値のある動物だ。他の機会なら、このクジラの特徴についてまだまだ述べることもできるが、いまここでぼくが注意を喚起したいのは、spermaceti スペルマセーティという、この物質の名称だ。これは言語の歴史から言って、まったく馬鹿げた名称といわねばならない。ほんの二、三世紀まえまで、個体としてのマッコウクジラの実態はほとんど人に知られていなかったし、鯨油はたまたま海岸に乗りあげたクジラから採取したものにすぎなかったのだが、そのころ、鯨脳油は、どうやら、当時イギリスでグリーンランド・クジラとか、フランク・クジラと呼ばれていたものにそっくりの生物から採取されるという俗説が流布していた。さらにまた、イギリスでは、鯨脳油が、スペルマセーティという名称の上の部分である《スペルマ》が事実上意味するように、グリーンランド・クジラの精液そのものであると信じられていた。そのころ鯨脳油はめったに手に入らなかったし、用途も、照明のためではなく、軟膏あるいは医薬品として使われていた。これを入手するために、今日、ジャムや料理に使うラバーブ［ダイオウ］を一オンス買おうとする人とおなじように、薬局に行かなければならなかった。だが、私はつぎのように考える。鯨脳油が現実にはどういう性質の物質なのか理解されるようになってからも、価格をつり上げるために、その希少性を奇妙に暗示する、もとの名を意図的に残したのではないか。（メルヴィル、『白鯨』三十二章）、［原文にはチェザレ・パヴェーゼの訳が引用されている］

《マッコウクジラは、両半球の、水温が相応に高い地域に棲む大きなクジラ目の動物である。他のクジラに比べたとき、彼らの体型には、いちじるしい相違が認められる。クジラの口にあるヒゲは、小さい食物を咀嚼するために役立つが、マッコウクジラの場合、ヒゲの代わりに、下アゴにしっかりと根を張ったたくましい歯が生えているので、大きな獲物に嚙みつくことができる。頭は、まるで船の舳先のように、先端が垂直に切れていて、体ぜんたいの三分の一の大きさを占めている。これら二つの種族は、それぞれの解剖学的相違によって棲息する海もはっきり分かれている。ふつうのクジラは、主として極地のつめたい海で、微小生物の群れを、われわれが呼吸するのとおなじほどの自然さで、吸い込む。だが、マッコウクジラは気温の温暖な海に繁殖する頭足類〔タコ・イカなど〕をおもに食べる。さらに、この巨体たちの行動には根本的な相違があって、捕鯨手は、自分たちが怪我しないために、彼らの行動をつぶさに知りつくしている。クジラは一般におとなしい動物だが、老いた牡のマッコウは、イノシシもおなじだが、群れから離れると自己を防衛し、さらに仕返しもする。銛で刺したあと、これらの巨体のあご骨に挟まれて、粉々に嚙み砕かれた鯨捕りは多い。捕鯨船の乗組員の多くは、捕鯨で命を落す》（モナコ公アルベール一世、La Carrière d'un Navigateur,［ある船乗りの一生］より、p. 277–78）

《これら捕鯨をなりわいとする人たちの多くは、アソーレス諸島の出身である。ナンタケットから遠洋にむけて出た捕鯨船がしばしばこの島に寄港して、ごつごつした岩ばかりの浜辺で働いている気丈な農夫たちを雇うからだ。どういうわけか島の住人たちは最高の捕鯨手になる》（メルヴィル、『白鯨』二十七章より）

ピコ島は大西洋から突然あらわれた円錐系の火山島だから、水面からいきなり顔を出した険しい高山といっていい。島には村が三つあるだけだ。名は、マダレーナ、サン・ロックとラージェス。そのほかは火山岩に覆われた土地で、ときに痩せこけたブドウの木や野生のパイナップルが生えている。小さなフェリーがマダレーナの埠頭に横づけになる。日曜日だから、籠や荷物の包みを持った家族が近隣の島々に出かける。籠からはパイナップル、バナナ、ブドウ酒の瓶や魚がのぞいている。ラージェスには小さなクジラ博物館があって、ぼくはそれを見に行くところだ。だが、日曜だから、バスが休日用の時刻表で運転されていて、島のちょうど反対側にあるラージェスまでは約四〇キロの道のりだ。仕方がないから辛抱づよく広場のおかしな教会のまえの、ヤシの木の下に置いたベンチにかける。海水浴をしようかなと考える。天気は上々だし、温度もちょうどいい。だが、フェリーの上で海水浴には気をつけなさいといわれたのだ。岩礁のすぐ近くに死んだクジラが浮いていて、そのため、海にはサメがうようよしているという。

暑い午後の空気のなかで待ちわびていると、港で客を下ろしたタクシーが、もと来た道を帰ろうとしている。運転手は、ラージェスならただで連れて行ってやろうという。きょうのノルマは済んだから、あとはうちに帰るだけなのだそうだ。いまの客が払った料金は《往復こみ》だった。貰(もら)うはずでない金は要(い)らないという。ラージェスにはタクシーが二台しかない。そんなことをいって彼は得意だ。一台がこれで、もう一台はイトコのだ。ピコ島にただ一本しかない道路は岩礁に沿っているから、やたらとカーブや凹凸がある。眼下には海が泡立っている。細い、切れぎれの道で、石ころだらけの暗い景色のなかを通っている。住居はたまにぽつんとあるだけだ。ラージェスの村の広場で降りる。十八世紀に建った巨大な修道院が不釣合にあたりを威圧し、ペドラウの石柱がものものしい、静かな村だ。ペドラウというのは、ポルトガルの航海者たちがあたらしい場所に上陸するたびに、王のためにといって建てた支配権を表す石のシンボルだ。

クジラ博物館は村の中心を走る道路に面した、修復をほどこした貴族の館の二階にある。ぼくを案内してくれるのは、どことなく鈍い感じの青年で、わざとらしい格式ばった言葉をつかう。もっとも興味をそそられたのは、むかし、鯨捕りの人々が手造りしていた象牙細工と、航海日誌、それに空想にあふれた造りの古びた台所用具だ。壁には、いくつか古い写真がかかっていた。そのひとつにはこうあった。Lajes, 25 de Dezembro 1919［ラジェスにて、一九一九年、十二月二十五日］。教会の前庭まで、どうやってマッコウクジラを引いて来たのだろう。数頭の牛を使ったに違いない。おそろしいほど、大きなマッコウクジラだ。信じられないくらい大きい。六、七人の子供が頭のうえに登っている。頭の前のあたりに螺旋(らせん)階段をもってきて、てっぺんから帽子やハンカチを振っている。鯨捕りの人たちは、いばって、満足顔で、マッコウのまえに一列に並んでいる。三人は、ポンポンのついた毛糸編みのベレー帽をかぶっている。ひとりは、消防士ふうのワックスで防水加工をした布の帽子。だれも靴をはいていないのに、ひとりだけ、長靴の人物がいる。漁労長だ、きっと。このあと、みんなさっさと写真のそとに出て、帽子をとると教会に入って行っただろう。まるで、前庭にクジラをほうっておくのが、世にも自然なことのように。こうして、一九一九年のピコのクリスマスは終った。

博物館を出たところで、思いがけないものが待っていた。さっきとおなじようにだれもいない道のずっと向こうから、ブラスバンドがやってきたのだ。老人も少年たちも白い服を着て、水兵帽をかぶっている。管楽器のひとつひとつがぴかぴかに磨きあげてあって、陽光にかがやいている。ワルツらしい哀愁のあるメロディーを、上手に演奏しているのは少女で、手に持った棒の先端にはパンが二つ、それに砂糖でできたハトが一羽刺してある。ぼくもその小さな淋しい行列のあとについて目抜き通りを歩いて行くと、青い窓のある家の前でとまった。楽隊は半円形に並ぶと、元気のいいマーチを吹きはじめた。窓のひとつが開いて、品のいい老人があらわれ、手をあげて頭をちょっとさげるが、にっこり笑ってから、一瞬、姿を消したと思うとこんどは家の入口に立っている。小さな拍手がわきおこり、楽隊の指揮者が老人と握手し、少女が彼にキッスする。敬意をこめた挨拶であるのはたしかなのだが、だれのためなのか、なんのためなのかさっぱりわからないし、たずねるのも野暮な気がする。なんとも短いその儀式が終ると、楽隊はもういちど二列になったが、もと来た道を戻るのではなくて、道の反対側のすぐそこにある海にむかって進む。音楽はずっと演奏されつづけているから、わたしもあとから行く。浜辺に出ると、みんな、楽器を下において、岩にこしかけ、たばこに火をつける。そしてしゃべりながら、海を見ている。日曜日を愉しんでいるのだろう。少女は棒を電柱にたてかけて、じぶんとおなじ年頃の子と遊んでいる。村の反対側から、バスがやかましくクラクションを鳴らす。六時には一日一回のマダレーナ行きが出るのだが、あと、五分しかない。

《アソーレスの捕鯨手には二種類の人間がいる。第一のグループに属する人たちは、アメリカ合衆国から一〇〇トンそこそこの小さなスクーナー船でやってきた連中だ。人種が混ざっているので、まるで海賊団のようにみえる。黒人あり、マレーシア人あり、シナ人あり、世界各地の人種が混じりあっていてどの国の人とはっきり定義しにくい連中が、人間世界の法に追われて大海に逃げ出した脱走者やゴロツキどもといっしょにいる。舷墻（げんしょう）の下にこしらえた足場にくくりつけたマッコウクジラから切りとった脂身が、スクーナーの中央にしつらえた大鍋で上下左右に揺られながら地獄さながら煮えたぎり、あたりいちめん吐き気をもよおすような煙がもうもうと立ちこめるなかで、鯨油に変身する。この作業中に海が荒れると、すべてがむごたらしいスペクタクルの様相を呈する。じっさい、英雄的な戦闘のすえに大洋の腹から奪い取ったこの獲物をあきらめるくらいなら、生命を危険にさらすほうがましだと彼らは思っている。乗組員のなかには、足場にクジラをしばりつけたロープをあと一重巻くためだけに生命を賭すものがいる。彼らは海が波で洗い流そうとたえず襲いかかり、波にもてあそばれた死骸がスクーナーの船腹をいつ粉砕するか知れない危険をものともせず、あのつるつる滑る巨体に挑みかかる。ロープを二重に巻きつけさえすれば、一応、危険は避けられたことになる。やがて、それでも支えきれなくなるまでのことにすぎないのだが。そのときが来てしまえば、もう打つ手はない。大綱を断ち切り、乗組員一同、憤怒の悪態をつきながら、怒濤に乗せられて消えていく死骸を見送るのだ。やっと手に入れたかに見えた宝の夢は消え失せ、ひどい腐敗臭だけがあとに残る。

《もうひとつのグループに属する捕鯨者たちについていうと、これはずっとふつうの人間に近い人たちだ。アソーレス諸島出身の漁師たちで、冒険好きの農夫もいるし、南北のどちらかのアメリカ大陸で意気をそがれて故郷に戻る、ただの移民だったりする。十人で二隻の捕鯨船の乗組が成立するが、資本金たった三万フランほどの微小な会社の持船だ。利益の三分の一は株主たちに行き、残りが平等に乗組員に分配される。キャッチャー・ボートは、速度の面では驚くほど性能がよく、帆走も可能だし、通常の櫂も幅の広い櫂も装備されているうえに、舵も通常のものに加えて、櫂舵がついている。漁具としては、先端を保護するため、ていねいに袋をかけた手銛がいくつか、とびきり切れ味のいい槍が数種類、それに、ふだんは渦状に保存されている籠から、舳先に設置された二股の台に向かってするすると送り出される長さ五、六〇〇メートルの銛綱。《こんな小さな船が、あの荒涼とした小島の岩だらけの入江や小さな浜辺で、ひっそりと出漁の機会を待っている。島の高所からは見張りがたえず海をにらんでいる。まるで三本マストの帆船にとまったカモメのようだ。そして、マッコウクジラが噴水口から吹き出す、水のまじった湯気が何本か上がるのを発見すると、かねて申し合わせた信号で見張り員が捕鯨船員を集合させる。数分もたたないうちに、船は、あの劇的な猟が行なわれる地点にむかって、海に出る》（モナコ大公アルベール一世、La Carrière d'un Navigateur, p. 280 - 283 より）

# 法規

## 一、クジラ目

第一条　以下の法規は左記のクジラ目の捕獲が、ポルトガル領海内および同国の領有する諸島嶼（しょとうしょ）の領海内において行なわれる場合に有効とする。

マッコウクジラ　Physeter catodon (Linnaeus)
クジラ　Baloenoptera physalus (Linnaeus)
アオクジラ　Baloenoptera musculus (Linnaeus)
コクジラ　Baloenoptera acustorostrata (Linnaeus)
セムシクジラ、あるいはアンペベケ　Megaptera nodosa (Linnaeus)

## 二、船舶

第二条　捕鯨用船艇は次の通りである。

（イ）キャッチャー・ボート。龍骨が露出しているもの、櫂あるいは帆の使用による推進力を装備する船艇。クジラ目を銛で捕獲し、あるいは屠殺するという、本来の意味における捕鯨に使用される。

（ロ）汽艇（ランチ）。キャッチャー・ボートを牽引し、あるいは屠殺されたクジラの運搬にあたって、これを補助するために使用される、機械による機動力を装備せる船。必要に応じ、あるいは本法規の規定するところにより、状況によってはクジラ目を囲み、あるいは銛を使用して捕鯨を遂行することもできる。

第四十四条　規定により、キャッチャー・ボートの寸法はつぎのように定める。

艇長：一〇メートルより一一・五メートル以下。艇幅：一・八〇より一・

九五メートル以下。

第四十五条　汽艇は、重量が四トン以下であってはならない。また、速度が八ノット以下であってはならない。

第五十一条　捕鯨に不可欠な用具および装具以外に、すべての捕鯨船は下に定める用具類を常備しなければならない。

非常用銛綱切断を目的とする斧。

白、青、赤の小旗を各一本。箱入りビスケット一箱。淡水を入れた容器一個。ホルムズ・タイプの照明用ライト。

三、捕獲の実施

第五十四条　捕鯨にあたって二隻以下の船艇でこれを行なうことは明白に禁止される。
第五十五条　事故のとき相互に救援が可能な距離に二隻の船艇が位置しない

場合には、銛を使用してはならない。

第五十六条　事故の場合、周辺に位置する船艇は、たとえ捕鯨作業を中止しなければならぬ場合でも、すべてが被害を受けた当事者の救援に協力しなければならない。

第五十七条　もしも操業中、乗組員が海中に転落した場合、事故船艇の漁労長はすべての作業の中止を命じ、また、銛綱の切断をうながし、被害者の救出にのみ、全力を注がねばならない。

第五十七条　イ。もしも事故の場所に他の漁労長の指揮する船艇が位置する場合、該当する船艇は必要な救援を拒否してはならない。

第五十七条　ロ。もしも海中に転落した労務員が漁労長である場合、指揮は銛手に移行し、五十七条に規定された諸事項を実行しなければならない。

第六十一条　捕獲の指揮は、さきに他の約定が締結されてない場合は、最年長の漁労長がこれを行なう。

第六十四条　海中あるいは海岸にクジラ目の死骸、あるいは瀕死のクジラ目が発見された場合、これを発見した者はただちに事実を海事責任者に報告しなければならない。報告を受けた海事責任者は、登録済の銛の捜索を目的とした調査を行なわなければならない。同様の銛が発見された場合、クジラ目は銛の合法的所有者に引き渡される。発見者は、報酬を、商法第六百八十五条の定める期日内に受け取る権利を有する。

第六十六条　いかなる場合も、縄を装着しない（ロープで船艇に固定されていない）銛をクジラ目に投げることは絶対に禁止される。これを行なうものは、銛で捕獲されたクジラ目に対して、いかなる所有権をも有さない。

第六十八条　いかなる船艇も、危険に直面した場合以外は、あらかじめ許可を得ずして、他の船の銛綱を切断することはできない。

第六十九条　銛、綱、登録された信号等が他の船艇によってクジラ目の個体上に発見された場合、報酬あるいは弁償等を考慮せずに、これらを合法的な所有者に返還せねばならない。

第七十条　Balanea 属のクジラ目、通常フツウクジラと称されるものに、銛を発射し、あるいはこれを殺傷することは禁止される。

第七十一条　授乳中に発見された雌クジラおよび、授乳期間の仔クジラに銛を発射し、あるいはこれを殺傷することは禁止される。

第七十二条　種の保存および、捕獲の効率を増加するため、捕獲が許可されるクジラ目にかんする措置を決定し、また禁漁期間を定め、捕獲可能なクジラ目の頭数を決定し、さらに他の限定を設ける等は、海事省の責任とする。

第七十三条　科学研究を目的とするクジラ目の捕獲は、あらかじめ担当官庁の許可を受けなければならない。

第七十四条　スポーツを目的とする捕獲は、絶対に禁止される。

（一九五四年、五月十九日発行の《政府官報》より、クジラ目捕獲に関する法規。現在も有効。）

八月の第一日曜日、ホルタでは捕鯨手まつりが行なわれる。ピム港の入江には、塗装を終えたばかりの捕鯨船がずらりと並び、鐘が陰鬱（いんうつ）な二重低音で鳴らされたあと、司祭が船を祝福する。それから、湾を見下ろす岬まで行列が行く。岬には、ノッサ・セニョーラ・デ・ギア、すなわち《われらの守護者なる聖母》に捧げられた小さな聖堂があるのだ。司祭のあとに女や子供たちが続き、最後尾に銛を肩にかついだ捕鯨手たちが行進する。みんな黒服を着て、自分たちが犯した罪をこころから後悔するような顔つきをしている。全員、聖堂のなかでミサにあずかるのだが、手銛は、よそなら自転車を並べておくように、外壁にずらりと並べて立てかけてある。

港湾事務所は閉まっているが、シャヴシュ氏が僕に会ってくれた。品のよい、礼儀ただしい、くったくのない紳士だが、笑うと少々皮肉っぽい表情になる。先祖にフランドル系の人がいたのかと思ってしまうほど、目が青い。もうほとんど残ってないのでね、と彼が言う。乗せてくれるようなのは、なかなか見つかりませんよ。マッコウクジラがですか、とたずねると、おもしろそうに笑う。捕鯨船です、そう言いなおしておいて、彼は続ける。みんなアメリカに移住してしまったもので、アソーレス諸島はからっぽです。気づかれませんでしたか。もちろん、わかりましたとも。僕はこたえる。残念ですねえ。どうしてまた、と彼がたずねる。そう訊かれると困ってしまう。どうしてって、僕はアソーレスが好きなんです。とても論理的な答とはいえない。それじゃあ、もっとだれもいなくなったら、もっと好きになりますね。彼はつっかかるが、すぐに、無作法な口をきいたのをあやまるみたいに、にっこりしてみせる。いずれにしても、生命保険はかけてくださいよ。それがシャヴシュ氏の結論だ。でなければ、許可はさしあげられません。ボートにお乗せするまでは、わたしが面倒を見ますから。アントニオ・ジュセ氏に話してみます。たぶん、あの人は明日、出航するはずです。どうやら、大群が来てる模様です。ただ、二日以上の許可はさしあげられませんよ。

# 捕鯨行

六頭か七頭ほどの群れだよ。カルロシュ・エウジェニオ氏が入れ歯を見せて満足そうに笑う。その入れ歯があんまり白いものだから、もしかしたら、エウジェニオ氏自身がマッコウクジラの骨でこしらえたのではないかと考えてしまう。カルロシュ・エウジェニオ氏は七十歳。でも、身のこなしは軽やかで若々しい。ポルトガル語では“mestre baleeiro”、文字どおりに訳すと、捕鯨親方、ということになるのだが、じっさいはこの小さな船の船長で、捕鯨作業のすべてを決定するにあたって、絶対的な権力をもっている。捕鯨行の一隊を乗せたエンジンつきのランチは彼のものだ。艇長一〇メートルほどの古船だけれど、彼はむだのない、気楽な運転をする。エウジェニオ氏は平然とこんなことをいう。ばしゃばしゃやってるあいだは、逃げませんさ。たえず、島の灯台にいる見張りと無線連絡をとってますから。単調な、どこか皮肉っぽい調子で情報を流している声がどうやらそれらしい。もうチョイ右、マリア・マヌエラ。軋むような声が怒鳴っている。勝手にあちこち行くなってば。《マリア・マヌエラ》は、船名だ。カルロシュ・エウジェニオ氏は、なにをいってるんだ、という身ぶりをするが、まだ笑っていて、僕らのそばにいる船員にいう。痩せた、すばしっこいその男は、どこか少年のようなところがある。目がたえず動いていて、肌の色は黒い。こっちで見張ることにしよう、カルロシュ・エウジェニオ氏はそう決めると、ラジオを消してしまう。さっきの船員はするすると船の一本しかないマストに登って、てっぺんの見張り台で足を組んでいる。彼も手で右を指しているから、一瞬、わたしはクジラが見えたのかと思った。捕鯨員たちの記号学に疎い僕に、カルロシュ・エウジェニオ氏が説明してくれる。人さしゆびを上に向けて手をぱっと開いたら、《クジラ見ゆ》の意味だが、見張りがやったのはその信号とはちがう、と。

曳航(えいこう)しているキャッチャー・ボートをのぞいてみる。乗っている連中はのんびりしたもので、なにか話をしては笑っている。だが、言葉までは聞きとれない。まるでこれから遠足に出かける人たちみたいだ。総数六人、船べりに渡した板にこしかけてしゃべっている。銛手だけが立ったまま、見張番の手つきを真剣に見ている模様だ。銛手は巨大な腹をした、ひげの濃い青年で、まだ三十を過ぎてはいないだろう。シャ・プレートゥとみなが呼んでいるのを聞いたが、《紅茶》の意味で、ふだんはホルタの港で荷揚げ人夫をしている。ファイアル島の捕鯨組合のメンバーで、聞いたところでは非凡な腕をもった銛手だという。

　僕がクジラに気づいたのは、すでに三〇〇メートルほどの距離に入ってからだった。ちょうど大都市の街路で水道管が破裂したときのように、青空を背に威勢よく水柱が上がっている。カルロシュ・エウジェニオ氏がエンジンをとめると、ランチは惰性であの奇妙な黒い形の、巨大な山高帽が水に浮いているのではないかと思わせる物体に近寄って行く。ボートの中の捕鯨手たちはひっそりとしていて、攻撃にうつる作業の準備をととのえている。みんな落ち着いたものだが、動作は機敏で気迫に満ちている。なにをすべきか、からだが知っているのだ。腕にものをいわせて力づよく、適当な間を置いてボートを漕ぐから、あっと思ったときは、もうずいぶん遠くに行っている。大きく迂回すると、尾を避けて、正面からクジラに向かっていく。横からだと、クジラに見つかってしまうからだ。約一〇〇メートルの距離に入ったところで、オールをボートに上げて、小型の三角帆を上げる。帆と帆綱を操作するのは全員だが、銛手はひとり船首にいて動かない。立ったまま、脚を前に倒すようにして、まるで重量を計っているような恰好で銛を腕にのせ、精神を集中して最適の瞬間を待っている。急所に命中させるには、じゅうぶんな近距離、しかも、手負いクジラの尾にやられないだけの遠さにボートが突入する瞬間だ。数秒間、あっと思うほどの速度で、すべては完了していた。銛がまだ空中に放物線を描いているというのに、キャッチャー・ボートはいきなり方向を変える。死の道具は、僕が想像していたように上から投げ下ろされるのではなくて、投げ槍のように下から上に向かってほうりあげるのだった。たいへんな鉄の重量に落下時の速度が加わって、銛を必殺の武器に変えるのだ。巨大な尾が高く上がって、まず空気を、つぎに海水を激打するころには、キャッチャー・ボートはもう遠くにいて、漕ぎ手たちは力のかぎり漕ぎつづけるわけだが、僕は、そのとき、ふいにあることに気づく。それまで海中で操作されていたものだから、僕の視界からは隠されていた奇妙な縄のかたまりがどういうことだったのか、わかったのだ。ついさっき、キャッチャー・ボートは銛綱をはずした、そしていま、銛に繋がっているのは、なんと、僕らの乗ったランチだ。艇の甲板の中央にある突起したところに置いた大籠から、太いロープがするするとほどけて、甲高い軋音をたてながら船首に設置されたY字形の金具からぐんぐん出て行くのを、下働きの船員が、摩擦で切断されないようにバケツの水をかけつづけて、ロープを冷やしている。やがて銛綱がぴんと張ると、僕らは、手負いクジラを追跡するために大いそぎでエンジンをかける。カルロシュ・エウジェニオ氏は舵を取りながら、火の消えた吸いさしのたばこを噛んでいる。少年じみた顔の水夫は心配そうにマッコウクジラの動静を観察している。クジラが海中にもぐりはじめたとき、僕らもいっしょに引っぱり込まれないように、彼は、いつでもロープを切断できるように、研ぎあげた小斧を手にしている。息のつまるような追跡は、だが、それほど続かない。一キロも行かないうちに、クジラは、まるで精魂尽き果てたように突然静止する。カルロシュ・エウジェニオ氏は、僕らがそのまま勢いあまって、動かなくなったクジラに船ごと乗り上げてしまわないように、大いそぎで反対方向にスクリューを回転させなければならない。彼の考えが正しいのをまるで証明するように、クジラは、ひゅうひゅうというような音を立てながら、むっくり頭をあげて呼吸する。空中に立ちのぼる噴水は赤く血に染まり、海面には朱色の水溜りが広がっていくのだが、赤い雫が僕たちのところまで微風に運ばれてきて、顔や着衣を汚す。捕鯨手たちの乗ったキャッチャー・ボートがわれわれのランチに横づけになる。シャ・プレートゥはこちらの甲板に道具をほうりあげると、あの体格の人間からは予期できないすばしこさで、ランチに上がってくる。つぎの攻撃段階は、彼がランチから命令を下したいらしいのだが、どうやら、《親方》が同意してくれないらしい。声高な議論がはじまるが、童顔の男は知らん顔をしている。やがて、シャ・プレートゥの勝利に終ったらしく、彼が船首の槍投げ手の位置についたが、こんどは、銛ではなくて、おなじぐらいの大きさでハート型を長くのばしたようなかたちの、先端が研ぎすまされた矛槍ようのものと換えている。カルロシュ・エウジェニオ氏はエンジンを最低にして前進し、僕らは、血の海に浮く、まだ息のあるクジラをめがけて進む。尾が、いらついたように、痙攣（けいれん）に似た動きで激しく水面を叩いている。さっきとちがって、こんどは斜めに投げられた死の道具が、上から下に打ち下ろされると、バターのようにやわらかい肉に喰いこむ。ざあっと音がして、巨体がもだえながら水中に姿を消す。つぎには、萎えた、哀しげな尾が、まるで黒い旗のように水面に浮かび上がる。そして、ついに巨大な頭が水面に浮いたとき、僕の聞いたのは死の咆哮だった。笛のように長くひびく、喘ぐような、胸に突き刺さるような、たまらない音。

クジラは、死んで、しずかに水面に浮いていた。凝結した血が、まるで珊瑚礁のようにかたまっている。もうそろそろ日没の時間だと思うと、いきなり僕は薄暮のなかにいた。乗組は全員、曳航の作業にかかりきりだ。まにあわせの穴が尾にあけられ、留め木用の棒といっしょにロープが通される。わしらの現在地点は陸から十八マイル以上の沖合だから、とカルロシュ・エウジェニオ氏が説明してくれる。帰りは、たぶん、夜どおしということになるね。このマッコウクジラは三〇トンはあるから、ランチはよほどゆっくり行かないと。ランチが先頭に立って、クジラがしんがりをつとめるという、いっぷう変った海の行列を組んで、僕らはピコ島のサン・ロックの工場に向かって出発した。ランチとクジラの中間の、捕鯨手たちの乗ったキャッチャー・ボートをゆびさして、カルロシュ・エウジェニオ氏が、あっちに移りなさい、とすすめてくれる。あそこなら、ちょっとは休めますから。ランチのエンジンはひどい無理を強いられていて、まるで地獄みたいな騒音を立てているから、とても眠れないだろう、というわけだ。乗りかえのために船をキャッチャー・ボートに寄せると、ランチの運転を若い船員とふたりの漕ぎ手にまかせて、エウジェニオ氏も僕といっしょに移った。捕鯨手たちが、僕らのために舵のすぐそばに寝床を用意してくれる。とっぷり日が暮れると、キャッチャー・ボートには石油の角燈が二個ともった。捕鯨手たちは疲労でたましいが抜けたようになっていて、緊張した、きつい表清をしているのだが、角燈の光のなかで顔が黄色くみえる。ただ曳かれるだけではランチに無理をさせることになるから、と彼らは帆を上げる。そのあと、めいめい勝手な場所をえらんで床に横たわったかと思うと、もう眠っている。シャ・プレートゥは、腹をまる出しのまま、ごうごういびきをかいている。カルロシュ・エウジェニオ氏がたばこを一本くれて、アメリカに移住した二人の息子の話をする。もう六年も会っていないという。たった一度だけ、帰って来たね。彼は言う。もしかすると、来年の夏ぐらいには帰って来るかな。あっちに来いと言ってくれるんだが、わたしはやっぱりここで、自分の家で死にたいからねえ。ゆっくりたばこを吸うと、星空を見あげていたが、だしぬけに、たずねる。おまえさん、いったいどういうわけで、こんなふうに一日を過ごそうと考えついたのかねえ。ただの好奇心かな。そうたずねられて、僕は、答えを探すのだが、どういっていいのかわからない。ほんとうのことを打ち明けたいのだが、無礼に聞こえるのがこわいから、だまっている。片方の手を水にひたす。腕をすこしのばせば、いま曳いているあいつの巨大なひれに手がとどくかも知れない。こう、言ってみる。たぶん、あなたがたは、あなたもクジラも、まもなく消えてしまう種族だからじゃないでしょうか。たぶん、そのためです。だが、エウジェニオ氏はもう眠っているのだろう、応えはない。それでも、指のあいだには、まだ、たばこの残り火がきらめいている。帆が風をはらんで不吉な音を立てる。眠りこけて、ただの黒いかたまりに成りはてた不動の肉体を乗せた船は、海面を幽霊船みたいに滑って行く。

# ピム港の女――ある物語

毎日、夜になるとおれは歌う。金をもらうためだが、あんたが聞いた歌は、もう少したてばよろけながら出ていく通りがかりの観光客や、あの奥のほうでげらげら笑っているアメリカ人用のペジーニュシュ［ちっちゃな足］やサパテイラシュ［サパテイラ蟹］にすぎない。おれのおはこは、シャマリータシュが四つ、それだけだ。いくつも歌えるわけでないし、もうそろそろ老人といっていい年齢だ。そのうえ、たばこがやめられないから、声もかすれている。おれの着ているのは、バランドラウのアソーレス・スタイルで、むかしはだれもが着ていた。アメリカ人は、絵に描いたようなものが好きだ。テキサスに帰って、あいつらは話す。離れ小島の居酒屋に行ったら、古風なマントを着たじいさんがいて、土地につたわる民謡を歌ってくれた、とかなんとかね。この、憂鬱な野獣もどきの音が出る《ヴィオラ・デ・アラム》〔スチール・ギター〕を弾けと言い、おれは、あまったるい流行歌なんかを歌ってやる。韻がずっとおなじなんだが、どうせ、あいつらにはなにもわからないからね。ほら、ジン・トニックなんて飲んでるだろう。それにしても、あんたは毎晩ここにやって来るが、いったいなにを探してるんだ。あんたは好奇心のつよい男だから、ただ、歌を聴きにきてるんじゃないだろう。おれの飲み代をはらってくれるのも、これで二度目だよ。あんたは、まるで土地のものみたいに、薫りのいい cheiro のワインなんか註文する。外国人なのに、おれたちの言葉を知ってるふりをしているけれど、それほど飲むっていうんでもない。おれが話すのをいつも待っている。もの書きだって言ってたけれど、たぶん、おれの仕事とちょっと似ているのかもしれないいな。本なんて、みんなばかげてるさ。ほんとうのことなんてちょっぴりしか書いてない。それなのに、この三十年間、おれはずいぶん本を読んだ。ほかにすることがなかったからね。イタリアの本もたくさん読んだよ。もちろん翻訳だけれど。いちばん気にいったのは、Canaviais no vento［『風の中の葦』。グラツィア・デレッダ作。一九一三］だ。デレッダという女の人が書いた本だ。知ってるかい。あんたはまだ若いし、女が好きだ。首のすらりとながいあの美女を、あんたはずっと見てたもんな。気づいていたとも。夜中、おまえさんはここにいたあいだ、あの女から目を離さなかったね。あのひととといっしょに暮らしてるのかな。あっちも、あんたをずっと見ていたよ。変に聞こえるかも知れないが、あんたらを見ていて、なにかが、おれのなかではっと目ざめたよ。飲みすぎたせいだろう。おれは、人生でなにをやるにも熱中しすぎた。とどのつまりは破滅だ。だが、どうしろっていうんだ。これが生まれつきだから、しかたないだろう。

おれのうちのすぐ前に、この島でアタフォーナと呼んでいるものがあった。水平にまわる釣瓶（つるべ）みたいなものだ。もう、いまはそんなものない。ずっとむかしの話だよ。あんたはまだ生まれてなかったね。思い出すと、もう、あの軋みが聞こえる。小さいときに聞いた音のなかで、これだけは記憶に残っている。いつもおふくろに、水差しをもって汲みに行かされたが、くたびれるから、気をまぎらわせるために、僕は子守歌を歌った。それで、じぶんで眠ってしまうこともあった。井戸のむこうに、白く漆喰を塗った低い石垣があって、その下は断崖絶壁で海だった。三人きょうだい、男ばかりで、おれが末っ子だった。親父は気のながい男で、仕草も大げさでない、口数のすくない人で、目がまるで水みたいにうすい空色だった。親父の船は、名が《マドルガーダ》、母が家ではそう呼ばれていたからだ。親父は捕鯨手で、そのおやじもおんなじだ。一年のうちのある時期にはクジラが近海に来ない。そのあいだ、ウツボ釣りをしたから、僕たちもいっしょに連れて行かれた。おふくろもいっしょだ。いまじゃ、あんなことはもうしないが、おれが子供のころは、漁のときかならず行なう儀式があった。ウツボを釣るのは月が満ちてくる時期の日が暮れてからで、魚を呼びよせる言葉のない歌があった。最初は声を低くしてゆっくり、そしてふいに激しく歌いあげる、まじめな歌だ。あれほど、せつない感じの歌は聞いたことがないよ。まるで海の底からたちのぼってくる、というのか、さまよう霊がうたっているような。もう、だれも憶えてはいない。失われてしまったんだ。いや、たぶん、これでいい。まるで魔法みたいに、呪いとか、運命とか、あの節まわしはそんなものを背負っていた。親父が船を出す。夜だから、音を立てないように垂直に櫂を立てて、しずかに櫂を動かす。おれたちは、すなわち、兄さんたちとおふくろとおれは、崖にこしかけて、歌いはじめる。ときどき、みんながだまって、おれだけが歌わされることがあった。おれの声がだれよりもいいから、ウツボが辛抱できなくなるなんていわれて。いや、ずぬけて声がよかったわけじゃない。いちばん若いから、おれだけで歌わせたかったんだ。ウツボは、高く澄んだ声が好きなんだそうだ。なんの理由もない迷信だろうが、そんなことはどうだっていい。

やがて、おれたちも大きくなって、おふくろは死んだ。親父は以前よりもっと口数が少なくなって、夜など、崖の上の石垣にこしかけて、じっと海を見ていることがあった。おれたちがいっしょに海に出るのは、もう、クジラのときだけで、三人とも、背ものびたし、力もつよくなっていたから、年齢には勝てなくて、親父はおれたちに銛と船をまかせた。まもなく、兄たちが家を出ていった。二番目の兄はアメリカに行ったのだが、出発の日までなにも言わなかった。おれは港まで見送りに行ったけれど、親父は来なかった。上の兄は大陸に行って、トラックの運転手になった。よく笑う若者で、エンジンの音が小さいときから好きだった。共和国の憲兵が事故の知らせをもってきたとき家にいたのはおれだけで、親父には夜の食事のときに話した。

おれたちはふたりで捕鯨をつづけた。仕事は以前よりもやりにくかった。日当を払った労働者に仕事をまかせなければならないからだ。五人以下の乗組で海に出てはいけないことになったということもある。親父はおれを早く結婚させたがっていた。女のいない家はほんとうの家じゃないからな。おれは二十五になっていて、女といちゃつくのは嫌いじゃなかった。日曜になると港に降りていって、日曜ごとに別の恋人と遊んだ。ヨーロッパは戦時中で、アソーレスにはあらゆる人間が来て、また出て行った。毎日のように入ってくる汽船があちこちに停泊していたし、ピム港ではあらゆる国の言葉を聞くことができた。

　その女に港で会ったのは、ある日曜日のことだった。肩まであいた白い服を着て、レースの帽子をかぶっていた。まるで絵の中から抜け出したみたいで、南や北のアメリカに避難してきた連中を乗せた船から降りた人とはとても思えなかった。じっと彼女を見つめていると、女もおれを見た。愛が人間のなかに入りこむなんて、ほんとうに奇妙なことさ。その日、おれが一撃をうけたのは、女の目のまわりに、ちょっと目立つ細かいシワが二本あるのに気がついて、あ、もうそれほど若くはないんだな、こう考えた瞬間だった。そんなことを考えたのは、ほんの若者だったおれにとって、成熟した女が、じっさいの年齢よりずっと年かさにみえたからにちがいない。ずっとあとになって、そのとき彼女は三十をすぎたばかりだったと知ったのだが、それはもう、年齢を知ったところでなにがどうなるという段階ではなくなってからの話だ。こんにちは、と挨拶してから、おれは、なにかお手つだいしましょうか、とたずねた。女は足もとに置いたスーツケースをゆびさした。ボテまで持ってってよ。女はおれたちの国の言葉でそう言った。ボテですか。あれは奥様の行かれるような場所じゃありません。おれがそう言うと、女は応えた。あたし、奥様なんかじゃないわ。

つぎの日曜日、おれは、いつものように街に降りて行った。その当時、ボテはいっぷう変った家で、漁師が泊まる安宿というのでもなかったから、おれはそれまで一度しか中に入ったことがなかった。店の奥に個室がふたつあって、賭博ができるという噂を聞いたこともあった。バーのある部屋は低い円天井で、アラベスク模様のついた大きな鏡と、イチジクの木で造った小さなテーブルがいくつかあった。客は外国人ばかりで、それも休暇中という顔をしたやつがほとんどだった。ほんとうはたがいに相手をさぐりあいながら、自分の国でない国の人間みたいな顔をして、合間にはトランプをして、時間をやりすごしていたんだ。あのころ、ファイアル島は、信じられないような場所だった。カウンターのうしろには背の低いカナダ人がいた。ぴんと先をはねた口髭を生やした男で、デニスという名だった。カボ・ベルデのなまりに似たポルトガル語を話した。おれがそいつを知っていたのは、土曜日になると港に魚を買いに来たからだ。ボテでは、日曜の夜だけ夕食を食べさせた。そいつにおれは英語をならっていた。

おかみさん、いますか。そうたずねると、デニスがえらそうに言った。おかみさんは八時にならないと来ないよ。おれはテーブルのひとつについて、夕食を註文した。おかみさんが来たのは、九時近くなってからだった。他にも客がいたが、おれが目に入ると、うわの空みたいな挨拶をしてから、隅のほうにいた白い髭の老紳士のそばにすわった。彼女が美人だとほんとうにわかったのは、そのときだった。こめかみがずきずきするような美しさだった。これに惹かれておれはここまで来たんだ。そう思ったよ。そのときまでは、はっきりそのことがわかってなかったんだ。そしてその瞬間、おれの理解したことが、自分の中でしっかりと整理できたものだから、ほとんど目まいがしそうだった。その夜、おれは、にぎりこぶしをこめかみにあてて、ひたすら女をみつめて時間をすごした。やがて彼女が外に出たとき、おれは離れたところからあとをつけた。女は、ふりむきもしないで、だれかにつけられても平気な人間みたいに、さっさと歩いて、やがてピム港の防波堤の門を過ぎると、湾に沿った道に降りていった。入り江の反対側の、岬がおわるあたりの葦原と一本のヤシの木のあいだに、ぽっつり一軒だけ、石の家がある。あんたも見たことがあるかもしれない。いまは空き家で、窓もこわれているし、どこか不吉な感じがする。やがて屋根も落ちるだろうさ。もし、まだ落ちていなければだけれど。女はそこに棲んでいた。いや、当時、あの家は白く塗ってあって、戸口と窓には青い枠がついていた。女が家に入ると、電灯が消えた。おれは岩礁にこしかけて、待った。夜半すぎ、窓のひとつに明りがついて、彼女が顔を見せたので、おれはまたじっと見ていた。ピム港の夜は物音ひとつしないから、低い声でささやいただけで、おたがいの言うことが遠くから聞こえる。おねがいだから、なかに入れてくれよ。おれは懇願した。彼女は鎧戸を閉めて、明りを消した。ちょうど月が昇りはじめた。赤い靄のかかった夏の月だ。おれは、ただ情けなかった。波が小さな音を立てておれのまわりに打ちよせていた。なにもかもが強烈で、あまりにも、おれなんかの手にとどかない感じだったから、こどものとき、夜、ウツボを崖の上から呼んだのを思い出した。しぜんと連想がはたらいて、自分を抑えきれないまま、おれはあの歌を歌いはじめた。自分の声がよく聞こえるよう片手を耳にあてて、泣いてるみたいに、祈るみたいに、低い小さな声でおれは歌った。しばらくすると、戸口が開いた。おれが真っ暗な家のなかに入って行くと、腕に抱きしめられた。あたしの名は、イェボラス。それだけ、だった。

あんた、人を裏切るって、どういうことか知ってるかい。裏切るっていうのはな、ほんとうの裏切りというものはだな、もうはずかしくて、じぶん以外の人間になってしまいたい、そういうことだ。親父に挨拶に行ったとき、おれは、自分がほかの人間であればいいと思った。銛を蠟引き（ろうび）の布で包んで、台所の釘にひっかけてから、はたちの誕生日に親父がくれたヴィオラを肩にかけるあいだ、親父はおれを目で追っていた。商売を変えることにしたのさ。おれは、あわててそう言った。ピム港のレストランで歌うことにしたんだ。土曜日には会いに帰るよ。でも、その土曜日におれは家に帰らなかった。そのつぎの土曜もだ。自分をごまかして、つぎの土曜日こそ、きっと家に帰ろうと思っていた。

秋になり、冬がすぎても、おれはずっと歌っていた。ほかの軽い仕事もした。飲みすぎた客を支えてやったり、追い出したりするとき、デニスにはない頑丈な腕が必要だからだ。それから、休暇中のふりをしている客たちの話を聴いていた。居酒屋の歌い手をやってると、客が秘密をうちあけることがよくある。こちらが、うちあけることもあるのは、ごらんのとおりだ。女はピム港の家でおれを待っていたから、もう、戸を叩かなくても済んだ。おれは、よくあいつにたずねた。あんたはだれなんだ。どこから来たんだ。どうして、トランプをするふりをしてる、このとんでもない野郎どもをおいて、どこかに行っちまわないんだ。おれは、いつまでも、あんたといっしょにいたいよ。女は笑って、どうしてそんな暮らしをしているのかを話してはくれなかった。もうすこし待って。そしたら、ふたりでどこかに行ってしまいましょう。あたしのことを信じて。これ以上は話せないんだから。それから、窓ぎわですっぽりはだかになって、月を見ながら、言った。あんたの呼び唄、歌ってよ。でも、そっと、よ。おれが歌ってやると、女はたずねた。あたしのこと愛してる？　突っ立ったまま、なにかを待っているみたいに夜を眺めている女を、おれは窓際に押しつけて、抱いた。

八月の十日にそれは起こった。聖ロレンツォの祭日で、空は流れ星でいっぱいだった。家に帰る道で、おれは十三までかぞえた。入口の戸が閉まっていたので、叩いた。もういちど、こんどはもっと力をいれて叩いた。明りがついていたからだ。女が開けてくれたが、しきいのところに突っ立っていたから、おれはわきに押しのけようとした。あした、発つの。女が言った。待ってた人が帰って来たのよ。まるで、おれに礼をいうみたいに笑っていたのを、どういうわけだったろう、おれは、あの歌のことを考えてるな、と思った。部屋の奥でだれかが動いた。年かさの男で、服を着るところだった。なんの用だ。いまはおれも理解できるようになったあの国の言葉で、男が訊いた。酔っぱらいよ。女が言った。むかしは捕鯨手だったけれど、銛をヴィオラと変えたのよ。あんたのいないあいだ、あたしの下男だったの。追っぱらいな。男はおれを見もしないで言った。

ピム港の入江には明るい光が反射していた。夢を見ているように、おれは湾に沿って歩いて、まもなく風景の裏側に出た。なにも考えていなかった。考えたくなかったのだ。親父の家の明りは消えていた。親父は早く床につく。でも、眠ってはいなかった。老人によくあることだが、まるで、これも睡眠のひとつのかたちだというように、暗闇のなかでじっと横になっていた。明りをつけないで家に入ると、親父はちゃんと音を聞いていて、小声でたずねた。帰ったのか。おれは奥の部屋に行って、壁に掛けてあった銛をはずした。おれは月の光をたよりに動いていた。夜のこんな時間にクジラ捕りに行くやつがあるか。親父は横になったままで言った。ウツボだよ。おれが応えた。おれの言ったことがわかったのかどうか、親父は返事もせず、動きもしなかった。じゃあ、というしるしに手をあげたような気もしたが、おれがそう思っただけかも知れないし、薄闇のなかで影が踊っただけかも知れない。それが親父を見た最後だった。おれが刑期を終えるのを待たずに死んだ。兄にもあれからずっと会っていない。去年、写真を一枚送ってきた。ふとった、白髪の老人になっていて、おれの知らない人たちといっしょに写っていた。息子たちとそれぞれの嫁さんなのだろう。木造の家のヴェランダにすわっていて、まるで絵はがきみたいな、どぎつい色の写真だった。もし、こっちに来たいなら、どんな人間だって仕事が見つかるし、生活は楽だ、と書いてあった。もうちょっとで笑うところだった。生活が楽だって、どういう意味だろう。もう人生が終ってしまった人間にとって。

あんたがもっといるんなら、そして、声が割れなければ、おれの人生を変えてしまったあの唄を歌ってあげよう。もう、三十年も歌っていないから、声がつづかないかも知れないよ。どうして、歌うのかって？　わからないね。ほっそりした首の長いあの女と、まったく他人の顔におなじ表情をうかべる力に、この歌を贈るんだ。たぶん、おれを感動させたのは、それだったろう、うん。それから、毎晩のようにここに来ているあんたに。イタリアからやって来たあんたは、他人から聞いたほんとうの話を本に書くのが好きらしい。そのあんたに、いま話したこの物語を贈るよ。この話をした男の名を書いてもいいぜ。といっても、この飲み屋で知られている名なんかじゃあない。あれは、通りがかりの観光客用の名だ。こう書けばいい。これが、わがものと信じた女をピム港で殺してしまった、ルーカシュ・エドゥイーノの真実の物語だって。

ああ、ひとつだけ、女の話に嘘でなかった部分があったよ。裁判のときにわかった。あいつの名は、ほんとうにイェボラスだった。それが、どうってことは、たぶん、ないけどね。

# あとがき——一頭のクジラが人間を眺めて

　どうしていつも、あんなにせわしないのだろう、長い手足をばたばたさせて。完結した、あるいは充足した形態をもたない彼らは、なんと丸味にとぼしいことか。よく動くちいさい頭に、あのわけのわからない生き方のすべてが凝結されているらしい。鳥たちに似ているともいえるだろうか。彼らは水のうえをすべるようにして、海にやってくる。とはいっても泳いでくるわけではない。脆弱で優雅な獰猛さをもって、殺戮をおこなうために。彼らは、ながいこと黙っているかと思うと、突然、いきりたって叫び合い、ほとんど変化のない、もつれた雑音を出すのだが、それには、われわれの出す、呼びかけ、愛、哀惜の嘆声などのように本質的な音にみられる完成度がない。彼らの仲間うちでは、愛することがはてしなく痛々しげだ。彼らの愛の行為は気むずかしくて、ほとんど粗野でさえあり、あわただしく終る。細長い彼らの体型のおかげで、結合するときの壮大な困難に遭遇することもなく、遂行するときも、かがやかしい、やさしさに満ちた努力を必要とはしない。

あいつらは水が好きでない、それはかりかこれを恐れている。それなのにどうして、しげしげと出かけてくるのか、僕らにはわからない。彼らも群れになって行動するが、雌を連れてくることはない。たぶん、彼女たちはどこかほかのところにいるのだろうけれど、われわれの目からは隠されている。彼らはときにうたうことがあるが、じぶんのためにだけだ。そして、彼らの歌は呼びかけではなくて、胸を刺すような哀しみの呻きに似ている。彼らはすぐに疲れる。日が暮れると、彼らを運んできた小さな島のうえで休息するのだが、たぶん、眠りこけているのか、さもなければ月を見ているのだろう。音も立てずに、彼らは去る。やっぱり、彼らは悲しいにちがいない。

# 補遺——地図、補注、資料

# 地図

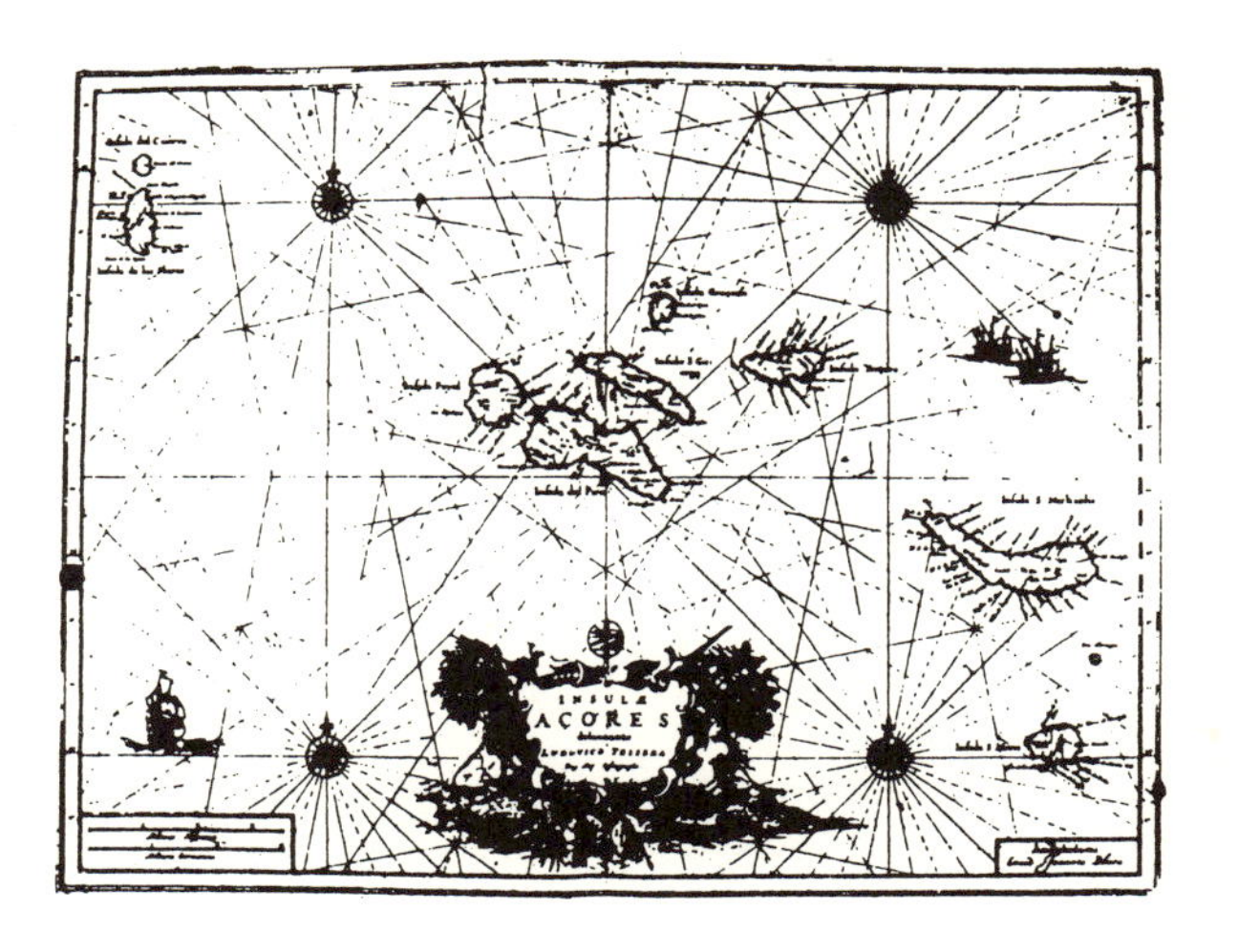

# 補注

アソーレス諸島は、太平洋のまっただ中、ヨーロッパとアメリカのちょうど中間あたり、北緯三六度五五分と三九度四四分のあいだ、経度二五度と三一度間に位置し、サンタ・マリア、サン・ミゲル、テルセイラ、グラシオサ、サン・ジョルジェ、ピコ、ファイアル、フローレス、コルヴォの九つの島で構成される。群島は北西―南東にかけて約六〇〇キロメートルの距離にひろがっている。アソーレスという名は、最初のポルトガル人航海者たちが、これらの島の岩礁に棲息するたくさんのトビをハイタカ（ポルトガル語ではaçores）と間違えたことに遡る。

ポルトガルによる植民地化がはじまったのは一四三二年であるが、おなじ時期にアソーレス諸島は、フランドルとポルトガル王家とのあいだに結ばれた婚姻関係によって、フランドルによるいちじるしい植民地化の対象にもなった。フランドル人たちは、住民の肉体的特徴だけでなく、民族音楽と民間伝承にも顕著な足跡を残した。土壌は元来、火山性である。海辺の断崖はしばしばシーツをひろげたような平板な非常に硬い溶岩でできているが、平らな地域には軽石の粉状化したものに被われていることもある。風景の地形的特徴は、まがいなく火山活動と地震があったことを示している。小規模の火山活動に加え（噴気孔、ガイザー、温泉、および温泥、など）、大昔には噴火口だった火山湖が多数あって、燃えさかる溶岩流が掘った深い溝がしばしば風景を横切っている。内陸部と山岳地帯には野性的でときには陰鬱な美しさがある。最高峰は二三四五メートルのピコ山で、同名の島にある。火山噴火についてのデータは無数。最大の被害をもたらした地震は一五二二年、一五三八年、一五九一年、一六三〇年、一七五五年、一八一〇年、一八六二年、一八八四年と一九五七年に起きた。おもにテルセイラ島が被害を受けた一九七八年の地震の跡は、いまでもアングラに滞在する旅行者が見物できる。たえまない地震活動の結果、アソーレス諸島はかなりな変遷をとげ、無数の島が浮上し、あるいは消滅した。これに関連してもっとも興味深い事項が、イギリスの軍艦《サブリーナ》の艦上から一八一〇年に小さな島の誕生を観察した艦長ティラードによって記録されている。彼はこの島に二人の水兵にイギリス国旗を持たせて上陸させ、これをイギリス領におさめたというので、《サブリーナ》と命名した。だが、翌日、錨を上げる直前、残念なことに、ティラード船長は、サブリーナ島が消えてしまって、海はもとのように穏やかになっていることを確認しなければならなかった。

アソーレス諸島の気候は、温暖で多雨だが、降雨時間はみじかく、夏は非常に暑い。自然は活き活きしていて、植物の種類は無数。シトロン、オレンジ、ブドウ、マツなど地中海種の植物相にくわえて、熱帯植物、とくにパイナップル、バナナ、マラクージャ、そのうえ、じつにさまざまな花が咲く。鳥もチョウも多種。爬虫類はまったくいない。この本に書いたような原始的な捕鯨は、現在、ピコとファイアル島だけで行なわれている。今世紀には、おもに経済的な理由で、多くの人が移民として島を出たので、群島の人口は過疎にかたむいている。コルヴォ、フローレスおよびサンタ・マリア島は、ほとんど無人といっていい。

# 資料

Albert 1er Prince de Monaco, *La Carrière d'un Navigateur*, Monaco 1905 [senza indicazione dell'editore].

Raúl Brandão, *As Ilhas desconhecidas*, Bertrand, Rio-Paris 1926.

Joseph and Henry Bullar, *A Winter in the Azores and a Summer at the Furnas*, John van Voorst, London 1841.

*Diário de Miss Nye*, in《Insulana》, vol. xxix–xxx, Ponta Delgada 1973–74.

J. Mousinho Figueiredo, *Introdução ao estudo da indústria baleeira insular*, Astória, Lisboa 1945.

Gaspar Frutuoso, *Saudades da Terra*, 6 voll., Lisboa 1569–1591 [una edizione moderna con ortografia attualizzata: Ponta Delgada 1963-64].

JULES MICHELET, *La Mer*, Hachette, Paris 1861.

ANTERO DE QUENTAL., *Sonetos*, Coimbra 1861 [innumerevoli edizioni successive].

Captain JOSHUA SLOCUM, *Sailing Alone around the World*, Rupert Hart-Davis, London 1940 [I edizione 1900].

BERNARD VENABLES, *Baleia! The Whalers of the Azores*, The Bodley Head, London-Sydney-Toronto 1968.

# 訳者あとがき

まず、この小さな本を書いたイタリアの作家、アントニオ・タブッキを理解するために重要と思われる、ポルトガルのことから話をはじめよう。

地図のうえのポルトガルは、スペインの西海岸の一部をほっそりと削りとっただけの国とみえるのに、この国の人たちは、暴力にみちた戦争や宗教の名による殺戮や覇権を思い出させる光と影・白と黒につよく彩られた隣国の文化よりも、うっすらと靄のかかった海が運んでくる遠い国からの便りに、険しく乾いた山よりも紺碧の海に、こころを奪われている。ポルトガル人に夢をもってきてくれたのは、いつも海だった。その海の色は、アズレイジョスと呼んで彼らが大切にしている装飾タイルの、すこし滲んだようなあの青にもとりこめられたし、そればかりか、ファドの節まわしも、口ごもったようなこの国のことばの語尾も、いいしれない哀しみをふくんだようにうっすらと滲んで、どこかあの湿気の多い海を思わせる。

一九四三年生まれのタブッキがそんなポルトガルに魅せられたのは、彼がまだ青年のころだった。七〇年代のはじめだろうか、彼はパリで勉強していて、ある日、ポルトガルとその国の詩に、いや、もっとはっきりいうと、ポルトガルの偉大な現代詩人フェルナンド・ペソア（一八八八—一九三五）の作品に出会い、この国のことばと、そしてこの詩人と生涯つきあっていくのが、どうやらじぶんの運命らしいとさとった。

フェルナンド・ペソアを有名にしたのは、この詩人が名もないリスボンの小さな会社の寡黙な事務員として働きながら、孤独な夜のクモのように、いくつかの架空の生涯を紡ぎつづけた異名たち、すなわち、自己のひそやかな存在と思想（そして詩想）への夢を托した、彼の分身ともいえる架空の詩人たちの手になる、数冊の詩集だった。ペソアとポルトガル語にのめりこんだタブッキは、こんどは、ほとんど彼自身の分身として、ポルトガル人タブッキをつくりあげる。一九九一年にリスボンで出版された『レクイエム』は、ポルトガル語で書いた彼の最初の作品で、数ヵ月後に刊行されたイタリア語版は、セルジョ・ヴェッキオという訳者によるものだった。（念のため、書いておく。ヴェッキオはタブッキの異名ではない。）

この小さな本は、タブッキが（たぶん、彼の美しいポルトガル生まれの妻でやはりペソアの研究者でもあるマリア・ジョゼ・デ・ランカストレといっしょに）、アソーレス諸島ですごした、ある夏の日々の記憶から生まれたものである（初版一九八三年）。［ふつう、日本ではアゾレス諸島と表記されるが、私はリスボンの友人に発音してもらって、それにいちばん近いと思った（そしてアゾレスよりは、日本語で発音したとき、澄んだひびきが美しいと私には思える）アソーレスという表記をえらんだ。クセジュ文庫の『ポルトガル史』にも、アソーレスとあるので大いに気をよくした」。だから、この本はイタリア人の目で見たアソーレスというのでもなく、そうかといって、ただのポルトガル人が大西洋の島々で見た夢というのでもない。イタリアの文学にしては、靄がかかりすぎているし、ポルトガルの文学にしては、形式への執着がつよすぎるように思える。

アソーレスは、ポルトガルから大西洋を約一四〇〇キロ西に行ったあたり、リスボンをニューヨークと結ぶ直線のうえを三分の一ほど航海したあたりの海上に散らばる群島である。気候の温暖な地域なのだろう。本文にもあるとおり、九つの島からなっていて、おもな産物はオレンジと牛の放牧、それに、伝統的な手銛を使っての捕鯨がおこなわれることでも知られている。

アソーレス諸島および周辺の、海とクジラと捕鯨にまつわるさまざまな《断片》を、タブッキは、小説というのではなく、小さな詩集を編むようにして、この本にまとめた。もともとこの作家の特徴でもある断片性と隠喩の可能性を、ほとんど極限にまで押しすすめた感のある、それでいて、孤立した断片ではなく、ひとつの有機的なまとまりがあらわれるのをじっと待っているような、いっぷう変った作品でもある。

ほんの偶然（ながい友情が偶然といえるのなら）のように友人にすすめられて『インド夜想曲』を読んだことから、タブッキという作家を知り、その作品につよく惹かれるようになってもう十年近い。タブッキの書いたものには、まず、かなり形式的で遊戯性の濃い一連の短編集がある。だが、彼の本領といえるのは、『インド夜想曲』（ここには遊戯性もたっぷり用意されているが）や、昨年（一九九四）ふたつの重要な文学賞を受賞し、今年になって映画化され、評判になった中編小説「タブッキのこれまでにもっとも長い作品でもある」『ペレイラは主張した』のように、一種の自分さがし、人生と自分との繋がりをもとめてさまよう男の話といった、なつかしい重さを底に秘めた作品群だ。この重さは、形式性がつよいといわれる作品にも、ふと通りかかった家から洩れてくる音楽のように流れつづけていて、そのことが私をこの作家にひきつけてやまない。

『島とクジラと女をめぐる断片』は、しかし、いまあげたタブッキのふたつの傾向のどちらの分類にもぴったりとは納まらない、詩的で象徴性のつよい断片の集成といえるもので、まるで海面に散らばった難破船の破片をあつめるようにして作られている。この「集」としての形式にまず私は興味をもった。人生が、さまざまな、そしてしばしば、一見無関係にみえるエピソードのつぎはぎであるように、タブッキはさまざまなジャンルの散文をつぎはぎにして、深いところで響きあうメタフォリックな作品を編みあげている。こんなふうにも、本を作ることができるのだ。そう考えたとき、私は、知りつくしているはずの家にあたらしい窓があるのを発見したみたいに、うれしかった。隠喩としての断片をかさねることによって全体像を追う。この手法が、私にはかぎりなく好もしかった。難破と、滅びゆくクジラをめぐる断片集。はてしなく人生と文学に近い隠喩をタブッキは発見したのではないか。

最近、私は十九世紀フランスの歴史家ジュール・ミシュレの手になる『海』（邦訳、藤原書店）を読む機会をもった。タブッキもこの作品のなかでなんどかその本文から引用しているが、この著作は、新しい版が六一年にガリマール社から出版されたことからも推察できるように、アナール派の歴史家たちによって発掘され、再評価されるようになったらしい。そして、ふしぎな虚構の空間を歴史にあてはめたミシュレの本にタブッキが感動し、歴史家の描いたクジラを文学的な比喩として用いたようにも訳者には思える。類似点は、たとえば、捕鯨に関するポルトガルの法規についてのくだり、そして捕鯨行と題された、写実的な一章などにもみられる。

物語の語り手としてのタブッキが比類ない腕を発揮して、読者を堪能させてくれるのが、終章の「ピム港の女」であることは、いうまでもないだろう。私は、作中にある少年の唄声に魅せられたウツボのように、しばらく本を置くことができなかった。

もうひとつ、蛇足かも知れないと恐れつつも、なんらかの説明をつけたしたほうがいいように思うのは、「アソーレス諸島のあたりを徘徊する小さな青いクジラ」と題された断片に登場する、《小さな青いクジラ》の正体についてだ。

（訳でうまい解決がみつからなかったのを、こんな説明でごまかしてはいけないと読者に叱られるかもしれないけれど）私の解釈が決定的にただしいと判断する証拠もないし、怠惰な翻訳者は、ピサかジェノワかフィレンツェかリスボンのいずれかにいる著者に手紙なり電話なりで質問もしないまま、つぎのような想像をめぐらして自分なりに納得した。まず最初に《男》がそれを海面に見つけたときの表現として、タブッキは、escrescenza という、ふだんあまり用いられない、この文脈中ではちょっと特異と思える語を使っている。これを、タブッキがこのうえなくタブッキらしく、いたずらとしては塡めこんだに相違ないものと私は解釈して、作中の《女》がしたように、私も、まさか、という感じで思わず笑った。*escrescenza*［突起物］ということばが、かぎりなく *escremento*［排泄物］を想起させるからである。

なお、原題『ピム港の女』を私流の長たらしい表題に変えてしまったことについても一言、作者だけでなく読者にもお断りしたい。「港と女」というありふれた組み合わせから逃げたかったのと、クジラや島の話が表題から落ちてしまうのが惜しかったからである。

さいごに、過去十年ちかくずっと、この本だけは訳したい、どうしても自分が訳すのだと熱望しつづけたこの手のひらに包みこまれてしまいそうな一冊が、ようやく日の目を見ることになったことについての深いよろこびと、その実現をゆるしてくださった方たちへの感謝とともに、訳出がおくれたことのおわびをここに記しておく。［英語版のように］他の本と合わせて一冊にするのではなくて、そのままの小さいかたちで出すことを、こころよくひきうけてくださった青土社の方たちに、とくにお礼をもうしあげたい。津田新吾さん、西館一郎さん、ほんとうにありがとうございました。

一九九五年四月十七日

須賀敦子

# 解説　幻の燈台に向かって

堀江敏幸

本書『島とクジラと女をめぐる断片』は、一九八三年に刊行された、アントニオ・タブッキ『ポルト・ピムの女とそのほかの物語』の全訳である。原題と邦題の隔たりに読者はとまどうかもしれないのだが、一読すれば、九五年に青土社から翻訳紹介された折に、訳者須賀敦子がなぜこのタイトルを選んだのか、原題に込められた意味とあわせて理解できるだろう。ただし、須賀敦子は最初からこの小さな本を指し示すものとして現在の邦題を考えていたわけではない。『インド夜想曲』の「訳者あとがき」では『ポルト・ピムの女』と表記し、哲学と詩を混ぜ合わせつつ細部を全体に組み込んでいく構造について、的確に指摘している。おそらく、読書の段階では原題にとどまっていた身体感覚のわずかなこわばりが、翻訳作業という航海を通じてしだいにほどけ、それぞれの寄港地で見た光景を、ひとつひとつ整理しないであげておく方向に転じたのだろう。

*

ポルトガルの西方、アソーレス諸島の島々は、捕鯨地として知られていた。過去にこの海域を訪れた者たちの、島の自然や風物をめぐる言葉の多くに、さまざまなクジラの姿が刻まれている。「生き物としてのクジラというよりは、むしろ隠喩(いんゆ)としてのクジラ」を主題にしたという「まえがき」の言葉は正しい。クジラも難破も文学の、あるいは人生の隠喩として語られているのは明白で、問題はその語り方にある。タブッキにとっては、主題は主題ではなく、主題の扱い方こそが主題なのだ。一人称の語り手の体験と作者のアソーレス諸島滞在の符合よりも、語ることによってその滞在をむしろ現実から遠ざけ、遠ざけるふるまいのなかに生の土台となる現実がある。そう信じることの方を重視すると言いかえてもいい。語れば語るほど、虚実の境目が消えていく。「まえがき」につづく序章「ヘスペリデス。手紙の形式による夢」には、すでに「境目は僕たちといっしょにどんどん移行していく」という真の主題があっさり記されている。

＊

境目が移動していく本といえば、ただちに『インド夜想曲』が思い浮かぶだろう。あの甘美な冒険譚(ぼうけんたん)の末尾で、語り手の「僕」は、自分が書いているのは、「小説」にもならないような、「あっちこっちがばらばらで、話らしい話もなくて。断片にすぎない」と述べていた。これらの断片の挙動が、ひとつの磁力に操作されているのは先述のとおりで、ばらけているように見えて、そうはなっていない。手品の指先の動きは、自分探しのための地図と、自分を見返すための鏡のなかに隠されている。『遠い水平線』のスピーノは語り手に言う。「おまえは、おまえにとって、いったいどういう人間だ。ある日、それを知りたくなったとする。おまえは、あちこち探しまわって、自分の過去を洗いざらい調べ、むかしのひきだしのなかをかきまわし、他人の証言をあつめ、あちこちに撒き散らされたり、失われたりした証拠をあつめることになる。すべては闇のなかで、手さぐりで進むしかない」。

*

では、「手さぐり」の道筋が前もって決められていたとしたらどうだろう。本書の目次の並びとタイトルは、掌篇、随想、断片、どのジャンルにもうつくしく溶け込む。読者を魅了するのは、これらの作品間にひろがる、等幅ではない距離だ。章と章のつながりは、航路上の寄港地の配置に似ている。所要日数、所要時間にばらつきはあっても、天候さえ安定していれば目的地に辿り着く。タブッキは言葉のひとつひとつに、綿密に計画された航海が「難破」と同義になるような仕掛けを施す。さらに、他者の言葉の空気を引くことによって、浮力を生じさせる。読書はひとつの保険なのだ。読んでいるかぎり、どんな悪天候でも、どんな闇のなかでも、海の底に沈むことはない。たとえ人生を失っても、失ったという認識のもとで、タブッキの世界にとどまることができるからだ。

*

それは逃避ではない。逃避を逆さまに見るための、冒険の持続である。「アソーレス諸島のあたりを徘徊(はいかい)する小さな青いクジラ——ある話の断片」には、マルセルだのアルベルティーヌだのといった名前が飛び交い、海の底に『失われた時を求めて』と呼ばれる巨大なクジラが潜んでいることを明かしているのだが、語り手の「ぼく」が寄り添っているのは、プルーストではなくランボーだろう。出典なしで引用される par délicatesse j'ai perdu ma vie は、ランボーの「一番高い塔の歌」(『ポエジー』)に読まれる有名な一節だが、原文では Par délicatesse/J'ai perdu ma vie と二行になっている。たゆたう感覚を尊重して中原中也の訳で引けば「繊細さのために／私は生涯をそこなつたのだ、」となるこの一節に見られるとおり、人生を失った、台なしにした、損なったと歌いながら、それを歌う自分は肯定している一点に、先に言った、水から浮きあがる力が生じているのだ。

*

タブッキには、中也のように「ホラホラ、これがぼくの骨だ、」（「骨」）と言ったりする、死に直結した浮遊感はない。もっと地面に、水面に近いところで境目の移動が起こる。彼が捉えるクジラの本体は、ネモ船長のノーチラス号さながら書斎のある潜水艦となって深い海に沈んだままだ。表面に浮かびあがるときは生と死の、夢とうつつの境目を移行させていく荘厳な仮死状態にあって、男が考えている本のタイトル、Le regard sans école（派閥なしの視線）は、その意味でじつに示唆的なものとなる。どこにも所属しない、どこにも拘束されないまなざしを持たないかぎり、クジラのほんとうの姿は見えないのだから。

＊

郵船。手紙といっしょに海を渡る船。タブッキにふさわしいのは、捕鯨船ではなくこちらの方だ。手紙は、すでに書かれた、しかもこれから読まれるかどうかもわからない言葉である。読まれる未来を確約されていない――場合によっては届かない――言葉たちは、結局のところ存在していないに等しく、運搬途上の過去の言葉は、現実世界においては夢だと言ってもおなじことなのだ。サン・ミゲル島にやってきた英国人バラー兄弟に関する記述のなかに、十一月から三月までの期間、つまりオレンジが実るあいだのみ、この島とイギリスに定期郵船が航行していたというエピソードがある。空っぽの船に物資と郵便物を積み込んで行き、船倉一杯のオレンジと島からの郵便物を積んで帰ってくる船は、大量の生き物を飲み込むクジラそのものだ。見て、見返され、書いて、読まれる、その状況をまた見て見返される鏡のなかの反復によって、船はもうひとりの自分を、「オレンジの半分」を見出そうとする。そして、それがついに見つからないという物語が繰り返し語られるのだ。

＊

タブッキの手品は、「その他の断片」に収められたシャトーブリアンをめぐる一節に、最も顕著にあらわれている。語り手の「僕」は、Inutile phare de la nuit、役たたずの夜の燈台（とうだい）という詩句にずっと心引かれていたのだが、執筆時のいま、シャトーブリアンの『ナチェズ族』（「ナチェズ家の人たち」）のなかで読んだと記憶していたこのやわらかな音楽の断片が、どうしても見つからないと言う。先のランボーの詩と同様、須賀敦子はタブッキの意を汲（く）んで、あえて訳者註のかたちで原典を記していない。しかし詩について深い愛と知識を持つこの二人が、そこにあるのかどうかも、機能しているかどうかもわからない幻の燈台の脇を、口裏をあわせたように無言で過ぎていくこの二頁には、本書の構造が巧みに転写されている。

語り手は、Inutile phare de la nuit を、ピコ島、Ile de Pico の同格として記憶している。シャトーブリアンが北米大陸に向けて旅立ったのは一七九一年、フランス革命のさなかのことだった。大西洋の大海と、満天の星のもとに見出された無限の美は、まだ二十代前半の若者に深い感銘を与える。ただし強い西風にはばまれて、船はなかなか進まなかった。このときの模様を、彼は『ナチェズ族』ではなく、『墓の彼方からの回想』第一部第六章で語っている。「五月四日、私たちはまだアソーレス諸島の辺りにいた。六日の午前八時頃、ピコ島と近づきになった。この火山は、長きにわたって、旅する者なき海に君臨した。夜は無用の燈台として、昼は証人なき指標として」（拙訳）。

＊

タブッキにならって原文を引けば、inutile phare la nuit, signal sans témoin le jour「証人なき指標」とは、だれもいないところから送られてくる信憑性（しんぴょうせい）の薄いシグナルとでも言い換えられるだろう。本書の引用では phare と la nuit のあいだにあるdeが、オレンジの半分に当たるものだ。語り手は誤って暗誦していたと見せかけて、半分の味わいをより濃厚にしているのである。

＊

タブッキがペソアとともに生み出した「異名」の本質がここにある。記憶だけで書くことは、創作において正しい力を発揮し、書いている現在に浴びている西風の抵抗を押しのける。なんとか前方に光を見出そうとする行為の証なのだ。読者はその語りの波に乗りさえすればよいのであって、「役たたず」の原典探しなど無視すればいい。語り手はこう述べている。「さいごにつけくわえよう。ピコには、夜、かがやく燈台など、存在しない」と。

＊

その通りだろう。燈台は、すでに死んだ火山と同格なのだから。それでも、ここにはまちがいなく導きの光がある。抗いようのない誘いの声がある。男でも女でもいい、タブッキの目に映り、耳に聞こえているのは、この「他人の証言」なのだ。ポルト・ピムの女は、こうして、だれでもない幻になる。「おれは、よくあいつにたずねた。あんたはだれなんだ。どこから来たんだ」。Inutile phare de la nuit という幻の詩句に、タブッキの「僕」は語りかけるだろう。おまえはどこに書かれているんだ、どこから引かれて来たんだと。その出所らしい海域に近づいたとたん、クジラは座礁し、船は難破して、すべては夢と消える。「かがやく燈台など、存在しない」ことを、こうして私たちは思い知らされるのだ、存在しないからこそ強烈な光を放って燈台の役目を果たす言葉があるという、うるわしい逆説とともに。

本書は、一九九五年六月に青土社より刊行された単行本『島とクジラと女をめぐる断片』を、文庫化したものです。

# 島とクジラと女をめぐる断片

二〇一八年 三 月一〇日 初版印刷
二〇一八年 三 月二〇日 初版発行

著 者 アントニオ・タブッキ
訳 者 須賀敦子

発行者 小野寺優
発行所 株式会社河出書房新社
〒一五一-〇〇五一
東京都渋谷区千駄ヶ谷二-三二-二
電話〇三-三四〇四-八六一一（編集）
〇三-三四〇四-一二〇一（営業）
http://www.kawade.co.jp/

ロゴ・表紙デザイン 粟津潔
本文フォーマット 佐々木暁
本文組版 株式会社創都
印刷・製本 中央精版印刷株式会社


Printed in Japan ISBN978-4-309-46467-1

## プラットフォーム

ミシェル・ウエルベック　中村佳子〔訳〕　46414-5

「なぜ人生に熱くなれないのだろう？」——圧倒的な虚無を抱えた「僕」は父の死をきっかけに参加したツアー旅行でヴァレリーに出会う。高度資本主義下の愛と絶望をスキャンダラスに描く名作が遂に文庫化。

## ある島の可能性

ミシェル・ウエルベック　中村佳子〔訳〕　46417-6

辛口コメディアンのダニエルはカルト教団に遺伝子を託す。2000年後ユーモアや性愛の失われた世界で生き続けるネオ・ヒューマンたち。現代と未来が交互に語られるSF的長篇。

## 服従

ミシェル・ウエルベック　大塚桃〔訳〕　46440-4

二〇二二年フランス大統領選で同時多発テロ発生。極右国民戦線のマリーヌ・ルペンと、穏健イスラーム政党党首が決選投票に挑む。世界の激動を予言したベストセラー。

## 大洪水

J・M・G・ル・クレジオ　望月芳郎〔訳〕　46315-5

生の中に遍在する死を逃れて錯乱と狂気のうちに太陽で眼を焼くに至る青年ベッソン（プロヴァンス語で双子の意）の十三日間の物語。二〇〇八年ノーベル文学賞を受賞した作家の長篇第一作、待望の文庫化。

## 幻獣辞典

ホルヘ・ルイス・ボルヘス　柳瀬尚紀〔訳〕　46408-4

セイレーン、八岐大蛇、一角獣、古今東西の竜といった想像上の生き物や、カフカ、C・S・ルイス、スウェーデンボリーらの著作に登場する不思議な存在をめぐる博覧強記のエッセイ一二〇篇。

## チリの地震　クライスト短篇集

H・V・クライスト　種村季弘〔訳〕　46358-2

十七世紀、チリの大地震が引き裂かれたまま死にゆこうとしていた若い男女の運命を変えた。息をつかせぬ衝撃的な名作集。カフカが愛しドゥルーズが影響をうけた夭折の作家、復活。佐々木中氏、推薦。

## 帰ってきたヒトラー　上

ティムール・ヴェルメシュ　森内薫〔訳〕　46422-0

2015年にドイツで封切られ240万人を動員した本書の映画がついに日本公開！　本国で250万部を売り上げ、42言語に翻訳されたベストセラーの文庫化。現代に甦ったヒトラーが巻き起こす喜劇とは？

## 帰ってきたヒトラー　下

ティムール・ヴェルメシュ　森内薫〔訳〕　46423-7

ヒトラーが突如、現代に甦った！　抱腹絶倒、危険な笑いで賛否両論を巻き起こした問題作。本書原作の映画がついに日本公開！　本国で250万部を売り上げ、42言語に翻訳されたベストセラーの文庫化。

## コン・ティキ号探検記

トール・ヘイエルダール　水口志計夫〔訳〕　46385-8

古代ペルーの筏を複製して五人の仲間と太平洋を横断し、人類学上の仮説を自ら立証した大冒険記。奇抜な着想と貴重な体験、ユーモラスな筆致で世界的な大ベストセラーとなった名著。

## マンハッタン少年日記

ジム・キャロル　梅沢葉子〔訳〕　46279-0

伝説の詩人でロックンローラーのジム・キャロルが十三歳から書き始めた日記をまとめた作品。一九六〇年代ＮＹで一人の少年が出会った様々な体験をみずみずしい筆致で綴り、ケルアックやバロウズにも衝撃を与えた。

## オン・ザ・ロード

ジャック・ケルアック　青山南〔訳〕　46334-6

安住に否を突きつけ、自由を夢見て、終わらない旅に向かう若者たち。ビート・ジェネレーションの誕生を告げ、その後のあらゆる文化に決定的な影響を与えつづけた不滅の青春の書が半世紀ぶりの新訳で甦る。

## 死をポケットに入れて

チャールズ・ブコウスキー　中川五郎〔訳〕　ロバート・クラム〔画〕　46218-9

老いて一層パンクにハードに突っ走るＢＵＫの痛快日記。五十年愛用のタイプライターを七十歳にしてMacに替え、文学を、人生を、老いと死を語る。カウンター・カルチャーのヒーロー、Ｒ・クラムのイラスト満載。

## 眠りなき狙撃者

ジャン=パトリック・マンシェット　中条省平〔訳〕　46402-2

引退を決意した殺し屋に襲いかかる組織の罠、そしてかつての敵——「一行たりとも読み飛ばせない」ほどのストイックなまでに簡潔な文体による、静かなる感情の崩壊速度。マンシェットの最高傑作。

## 青い脂

ウラジーミル・ソローキン　望月哲男／松下隆志〔訳〕　46424-4

七体の文学クローンが生みだす謎の物質「青脂」。母なる大地と交合するカルト教団が一九五四年のモスクワにこれを送りこみ、スターリン、ヒトラー、フルシチョフらの大争奪戦が始まる。

## 太陽がいっぱい

パトリシア・ハイスミス　佐宗鈴夫〔訳〕　46427-5

息子ディッキーを米国に呼び戻してほしいという富豪の頼みを受け、トム・リプリーはイタリアに旅立つ。ディッキーに羨望と友情を抱くトムの心に、やがて殺意が生まれる……ハイスミスの代表作。

## キャロル

パトリシア・ハイスミス　柿沼瑛子〔訳〕　46416-9

クリスマス、デパートのおもちゃ売り場の店員テレーズは、人妻キャロルと出会い、運命が変わる……サスペンスの女王ハイスミスがおくる、二人の女性の恋の物語。映画化原作ベストセラー。

## アメリカの友人

パトリシア・ハイスミス　佐宗鈴夫〔訳〕　46433-6

簡単な殺しを引き受けてくれる人物を紹介してほしい。こう頼まれたトム・リプリーは、ある男の存在を思いつく。この男に死期が近いと信じこませたら……いまリプリーのゲームが始まる。名作の改訳新版。

## リプリーをまねた少年

パトリシア・ハイスミス　柿沼瑛子〔訳〕　46442-8

犯罪者にして自由人、トム・リプリーのもとにやってきた家出少年フランク。トムを慕う少年は、父親を殺した過去を告白する……二人の奇妙な絆を美しく描き切る、リプリー・シリーズ第四作。

## ボヴァリー夫人

ギュスターヴ・フローベール　山田𣝣〔訳〕　46321-6

田舎町の医師と結婚した美しき女性エンマ。平凡な生活に失望し、美しい恋を夢見て愛人をつくった彼女が、やがて破産して死を選ぶまでを描く。世界文学に燦然と輝く不滅の名作。

## トーニオ・クレーガー 他一篇

トーマス・マン　平野卿子〔訳〕　46349-0

ぼくは人生を愛している。これはいわば告白だ——孤独で瞑想的な少年トーニオは成長し芸術家として名を成す……巨匠マンの自画像にして不滅の青春小説、清新な新訳版。併録「マーリオと魔術師」。

## 倦怠

アルヴェルト・モラヴィア　河盛好蔵／脇功〔訳〕　46201-1

ルイ・デリュック賞受賞のフランス映画「倦怠」（C・カーン監督）の原作。空虚な生活を送る画学生が美しき肉体の少女に惹かれ、次第に不条理な裏切りに翻弄されるイタリアの巨匠モラヴィアの代表作。

## 山猫

G・T・ランペドゥーサ　佐藤朔〔訳〕　46249-3

イタリア統一戦線のさなか、崩れ行く旧体制に殉じようとするシチリアの一貴族サリーナ公ドン・ファブリツィオの物語。貴族社会の没落、若者の奔放な生、自らに迫りつつある死……。巨匠ヴィスコンティが映画化！

## 高慢と偏見

ジェイン・オースティン　阿部知二〔訳〕　46264-6

中流家庭に育ったエリザベスは、資産家ダーシーを高慢だとみなすが、それは彼女の偏見に過ぎないのか？　英文学屈指の作家オースティンが機知とユーモアを込めて描く、幸せな結婚を手に入れる方法。永遠の傑作。

## 大いなる遺産 上・下

ディケンズ　佐々木徹〔訳〕　46359-9 46360-5

テムズ河口の寒村で暮らす少年ピップは、未知の富豪から莫大な財産を約束され、紳士修業のためロンドンに旅立つ。巨匠ディケンズの自伝的要素もふまえた最高傑作。文庫オリジナルの新訳版。

## 居心地の悪い部屋

岸本佐知子〔編訳〕　46415-2

翻訳家の岸本佐知子が、「二度と元の世界には帰れないような気がする」短篇を精選。エヴンソン、カヴァンのほか、オーツ、カルファス、ヴクサヴィッチなど、奇妙で不条理で心に残る十二篇。

## 死都ゴモラ　世界の裏側を支配する暗黒帝国

ロベルト・サヴィアーノ　大久保昭男〔訳〕　46363-6

凶悪な国際新興マフィアの戦慄的な実態を初めて暴き、強烈な文体で告発するノンフィクション小説！　イタリアで百万部超の大ベストセラー！佐藤優氏推薦。映画「ゴモラ」の原作。

## 解剖医ジョン・ハンターの数奇な生涯

ウェンディ・ムーア　矢野真千子〔訳〕　46389-6

『ドリトル先生』や『ジキル博士とハイド氏』のモデルにして近代外科医学の父ハンターは、群を抜いた奇人であった。遺体の盗掘や売買、膨大な標本……その波瀾の生涯を描く傑作！　山形浩生解説。

## 信仰が人を殺すとき 上

ジョン・クラカワー　佐宗鈴夫〔訳〕　46396-4

「背筋が凍るほどすさまじい傑作」と言われたノンフィクション傑作を文庫化！　一九八四年ユタ州で起きた母子惨殺事件の背景に潜む宗教の闇。「彼らを殺せ」と神が命じた——信仰、そして人間とはなにか？

## 信仰が人を殺すとき 下

ジョン・クラカワー　佐宗鈴夫〔訳〕　46397-1

「神」の御名のもと、弟の妻とその幼い娘を殺した熱心な信徒、ラファティ兄弟。その背景のモルモン教原理主義をとおし、人間の普遍的感情である信仰の問題をドラマチックに描く傑作。

## 服従の心理

スタンレー・ミルグラム　山形浩生〔訳〕　46369-8

権威が命令すれば、人は殺人さえ行うのか？　人間の隠された本性を科学的に実証し、世界を震撼させた通称〈アイヒマン実験〉——その衝撃の実験報告。心理学史上に輝く名著の新訳決定版。